LE MYSTÈRE
DE LA
NAISSANCE DE N.-S. JÉSUS-CHRIST
PASTORALE

En cinq Actes, en Vers Provençaux,

PAR

ANT. MAUREL,

CONTENANT

HÉRODE ET LES MAGES,

Poème dramatique par M. le baron Gaston de Flotte.

TROISIÈME EDITION
REVUE ET CORRIGÉE.

Prix : 1 franc 25 centimes

EN VENTE
CHEZ LES PRINCIPAUX LIBRAIRES
et chez l'Auteur, rue du Refuge, 25
MARSEILLE

1875

LE MYSTÈRE
DE LA
NAISSANCE DE N.-S. JÉSUS-CHRIST
PASTORALE

En cinq Actes, en Vers Provençaux,

PAR

ANT. MAUREL,

CONTENANT

HÉRODE ET LES MAGES,

Poème dramatique par M. le baron Gaston de Flotte.

TROISIÈME ÉDITION

REVUE ET CORRIGÉE.

MARSEILLE

TYPOGRAPHIE ET LITHOGRAPHIE CAYER ET COMP.,

Rue Saint-Ferréol, 57.

1875

INTRODUCTION

« L'Incarnation nous présente le souverain des cieux dans une bergerie, celui qui lance la foudre, entouré de bandelettes de lin, celui que l'univers ne peut contenir, renfermé dans le sein d'une femme. — L'antiquité eût bien su tirer parti de cette merveille. Quels tableaux Homère et Virgile ne nous auraient-ils pas laissés de la nativité d'un Dieu dans une crèche, des pasteurs accourus au berceau, des mages conduits par une étoile, des anges descendus dans le désert, d'une vierge-mère adorant son nouveau-né, et de tout ce mélange d'innocence, d'enchantement et de grandeur ! » (Châteaubriand. — *Génie du Christianisme.*)

On a toujours vu avec plaisir la muse provençale se consacrer à la manifestation des vérités de la foi, en reproduisant d'une manière sensible les belles et naïves traditions de nos fêtes de Noël.

Dans la Provence, et surtout à Marseille, ces touchantes solennités sont restées particulièrement chères aux familles. Les années ont vainement apporté mille changements aux mœurs du pays ; le jour de Noël venu, on trouve encore un grand nombre de familles se grouper autour de la table chargée des mets traditionnels qui composent la collation de *la veille;* c'est l'heure des rapprochements, des réconciliations jusque là les plus difficiles. C'est aussi le triomphe de ces existences patriarcales appelées à présider la réunion ; avec quelle émotion voit-on l'aïeul étendre sa main pour bénir à la fois et la table de famille et ces nombreux rejetons qui se pressent autour d'elle. Mais aussi quel redoublement de tristesse vient, en pareille circonstance, se faire sentir à la famille en deuil, privée de prendre part à des réjouissances qui raviveraient trop cruellement le souvenir des absents.

Le jour de Noël est le réveil de ces bons vieux airs que nous avons introduits en grand nombre dans cette Pastorale, qui nous saisissent d'une si douce piété, et viennent, comme un parfum de notre enfance, faire revivre avec eux nos plus heureuses années. Ne sentons-nous pas alors un reste de cette joie si pure qui nous animait à la vue de ces petites crèches dont nos parents décoraient leurs ménages ? Toujours sensible au souvenir de ce printemps de la vie, nous ne dédaignons pas de redevenir enfants avec les plus petits, et de nous complaire au milieu des pieuses et familières coutumes que grava dans nos cœurs l'exemple traditionnel de nos pères.

On a voulu, de nos jours, enjoliver la crèche, au détriment de sa simplicité originaire. Qu'il nous soi permis de regretter que cette touchante reproduction de l'étable de Bethléem ait eu à subir tant de prétendus perfectionnements, pleins de choses disparates. On peut excuser certains anachronismes qui font sourire l'érudit, lorsqu'ils sont évidemment commis dans un but de foi et de couleur locale. Ainsi, nous ne réprouvons pas l'hommage offert à l'auguste berceau, de tous ces produits du crû, prémices de la générosité provençale; nous comprenons et nous admettons la *pompe* marseillaise, la galette au beurre, le classique nougat, le vin cuit et l'inévitable morue de Terre-Neuve que les bons indigènes des rives du Jourdain viennent tour-à-tour déposer. Du moment où il est entendu que le peuple est le principal auteur de la fête, les dons qui apparaissent sur ce théâtre populaire ne peuvent qu'être les dons du pays, de même que les costumes et le langage.

Le bon peuple de Provence a toujours fait foule aux pastorales qui s'établissent, chaque année, aux fêtes de Noël. Trente années de représentations successives à Marseille et ses environs, n'en ont pas épuisé la vogue, commencée, on la sait, en 1844, dans la chapelle de la rue Nau, 7, sous la direction de notre cher et regrettable ami, feu l'abbé Julien, qui avait bien voulu nous admettre en collaboration dans l'œuvre qu'il avait fondée pour l'amélioration de la classe ouvrière, et qui nous avait permis de faire connaître notre pièce sous le titre de PASTORALE DE L'ABBÉ JULIEN. Malheureusement les bonnes traditions de ce saint prêtre ne se sont pas maintenues. Le caractère de simple bonhomie, indispensable aux personnages de la Pastorale, a été souvent dénaturé par les acteurs chargés d'interpréter les rôles. On veut faire rire, on veut produire ce qu'on est convenu d'appeler de l'effet, et pour cela on fait du grotesque en abusant de la *charge*, on tronque le livret, on fausse l'histoire, on n'offre au public qu'une facétie du plus mauvais goût, au détriment du *mystère*, des convenances et de l'auteur. Pour peindre dignement les mystères de notre sainte religion, il faut avant tout laisser parler sa foi. Avec elle la naïve répartie, la plaisanterie populaire auront leur correctif, et l'on ne risquera jamais de blesser la croyance que professe l'auditoire devant lequel se déroule l'action empruntée à l'Evangile. C'est dans ce livre sublime que nous avons puisé l'argument de ce poème. Une phrase seule a paru nous permettre le développement que nous lui avons donné, et les nouvelles scènes que nous y avons introduites. C'est celle où saint Luc nous dit qu'après le cantique des Anges, les bergers se dirent les uns aux autres : Allons jusqu'à Bethléem pour nous assurer de ce qu'on vient de nous annoncer. Les dénégations résultant de l'incrédulité, les surprises nocturnes, les malentendus, les quiproquos, les défauts de caractère ont pu produire des scènes semblables à celle de notre Pastorale.

Nous faisons parler, cette fois, les Anges en provençal. Il nous a paru logique de faire annoncer la bonne nouvelle dans la langue de ceux à qui elle est apportée. Nous éviterons ainsi les scènes de baragouin que l'on se permet trop souvent.

L'acte des *Mages chez Hérode*, ainsi que les trois monologues des *Mages dans l'Etable de Bethléem*, en vers français, sont dus à la plume brillante de M. le baron Gaston de Flotte. Ils furent écrits, en 1845, à la sollicitation de l'abbé Julien, et on les a toujours représentés avec le plus grand succès. Dans ces quelques pages, M. de Flotte s'est montré ce qu'il est toujours, poète inspiré, chrétien fervent. A la lecture comme à la scène, ses vers chaleureux captivent et émeuvent : on les applaudit là-bas, ici on les admire. Remercions une nouvelle fois cet auteur éminent, qui a contribué pour la plus grande part au succès de notre Pastorale, en nous permettant d'y intercaler son œuvre.

Nous ne croyons pouvoir mieux terminer cette courte introduction qu'en reproduisant le texte sacré qui nous a servi de programme :

« Or, il advint en ces jours-là, qu'il parut un édit de César-Auguste, pour faire le dénombrement des habitants de la terre.

« Ce premier dénombrement fut fait par Cyrinus, gouverneur de Syrie.

« Et tous allaient se faire inscrire chacun en sa ville.

« Or Joseph aussi monta de Galilée, de la ville de Nazareth, en Judée, en la cité de David, qui est appelée Bethléem, parce qu'il était de la maison et de la famille de David.

« Pour être inscrit avec Marie son épouse, laquelle était enceinte.

« Et comme ils étaient là, il arriva que les jours furent accomplis pour enfanter.

« Et elle enfanta un fils premier né, et l'enveloppa de langes, et elle le coucha dans une crèche, parce qu'il n'y avait point de logement pour eux en l'hôtellerie.

« Or, en la même contrée il y avait des bergers veillant, gardant leurs troupeaux durant les veilles de la nuit.

« Et voici l'Ange du Seigneur qui parut auprès d'eux, et la clarté de Dieu resplendit autour d'eux, et ils furent saisis d'une grande crainte.

« Et l'Ange leur dit : Ne craignez point, car je vous annonce une grande joie, laquelle sera pour tout le peuple.

« Parce qu'aujourd'hui en la cité de David un sauveur vous est né, le Christ, le Seigneur.

« Et ceci sera un signe pour vous : vous trouverez un enfant enveloppé de langes et couché dans une crèche.

« Et soudain avec l'Ange parut une multitude des armées célestes louant Dieu et disant :

« Gloire à Dieu au plus haut des cieux, et paix aux hommes de bonne volonté sur la terre.

« Et, après que les Anges se furent retirés dans le ciel, les bergers dirent entre eux : Allons jusqu'en Bethléem, et voyons cette parole qui est advenue et que le Seigneur nous a manifestée.

« Et ils vinrent en hâte, et ils trouvèrent Marie et Joseph, et l'enfant couché dans la crèche.

« Et voyant, ils connurent ce qui leur avait été dit de cet enfant.

« Et tous ceux qui les entendirent, admirèrent tout ce qui leur était dit par les bergers.

« Or, Marie gardait toutes ces choses, les méditant en son cœur.

« Et les bergers retournèrent, glorifiant et louant Dieu de toutes ces choses qu'ils avaient entendues et vues comme il leur avait été dit. »

(Saint Luc, chap. II, versets 1 à 20).

Les chants ont été choisis et appliqués à la situation. On peut s'en procurer la nouvelle partition, avec ou sans accompagnement, chez l'auteur de la Pastorale, rue du Refuge, 25, à Marseille.

MM. les directeurs de spectacles publics sont informés que les airs de cette Pastorale ne doivent aucun droit; mais il n'en est pas de même de ceux qui seraient empruntés à des œuvres appartenant aux auteurs dont les intérêts sont confiés à la Société des compositeurs de musique.

PERSONNAGES

L'Angi Gabriéu.

Bartoumiéu,
Noura,
Jaque,
Micourau,
Matiéu,
Roubin,
Chiqué,
Flouret,
Tisté,
Maissemin,
Goustin, } *bergers.*

Roustido,
Jordan,
Margarido *fremo de Jordan.* } *vieillards.*

Pimpara *l'amoulaire.*
Barnabèu *mounié.*

Benvengu.

Pistachié,
Jigè, } *valets.*

L'Avugle.
Simoun *soun fiéu.*
Lou Bòumian.
Chicoulé *soun fiéu.*
Lou Varlet d'estable.

Tounin,
Doumenico, } *enfants.*

Hérode, *roi de Judée.*
Un Confident d'Hérode.
Le Grand Prêtre.
Un Messager.

Gaspard,
Melchior,
Balthasar, } *mages.*

Anges, Bergers, Docteurs de la loi, Pages, Soldats.

PASTORALE.

ACTE PREMIER

Le Réveil des Bergers

PREMIER TABLEAU.

Le Théâtre représente les montagnes de la Judée. Trois bergers dorment auprès de leurs troupeaux. — Au lever du rideau, un chœur céleste se fait entendre.

LEIS ANGI (*chœur invisible*).

Revihas-vous, bergié, prestas l'auriho,
Durbès leis ui, tout lou ciel es en fué :
A la clarta dóu firmamen que briho,
Lou fiéu de Diéu es naissu questo nué.
Jamai crido pu belio
Aura pu bèu matin.
A nouestro vouas metès vous en camin,
Revihas-vous, escoutas la nouvello.

SCÈNE PREMIÈRE.

MATIÉU, MICOURAU, JAQUE.

(Le berger Micourau, réveillé pendant le chœur, se lève et regarde le firmament).

MICOURAU.

O lou pouli councèr ! qu va creira jamai.
Segu pantaihi pas, lou fet es ben verai,
Crèsi que desempiei que si jugo d'aubado
S'èro jamai ausi talo roussignoulado ;
Leis acord lei pu dous partien d'aperamoun,
Noun, noun, pantaihi pas, ai touto ma resoun.
(Il va remuer ses camarades).
Holà ! Jaque, Matiéu, men arribo uno rudo,
Revihas-vous, fès lèu, venès-mi douna'judo.

JAQUE.

Ti taises, Micourau, vo nous laisses dourmi.

MATIÉU.

Vai ti coucha, se voues, vo ti fau lèu fini,
Pèr ausi tei fanau n'avem pas tems de resto,
Ansin laisso m'esta, mi roumpes plus la testo.

MICOURAU.

De graci, meis ami, venès lèu m'assista,
A peno l'a 'n moumen vèni d'ausi canta,
Mai de cant tant pouli, de paraulo tant bello,

Semblavo que la vouas descendié deis estèlo ;
Cresès ce que vous diéu car mi siéu pas troumpa.

MATIÉU.

Sies malau, moun enfant, leis astre canton pas :
Gardo tei vertigò dins ta pauro cervèlo.

JAQUE (*avec humeur*).

Es dejà tròu parla pèr une bagatèlo.
Oucupo-ti, se voues, de garda tei moutoun,
Vo d'un revès de man t'espliqui mei resoun.

(*Les deux bergers se rendorment*).

MICOURAU.

Si soun mai endourmi, ma vouas leis impourtuno.
Prènon l'esclat dóu ciel pèr lou clar de la luno :
E pamens tout d'un còu lou tems s'es esclarci,
L'aubo es bello... Mai, chut... quauq'un vèn pèr eici.

SCÈNE II.

LEI MEME, L'ANGI GABRIÉU.

(*Couplets dialogués*).

L'ANGI.

Bergié, noun siegués treboula
Se mi vesès eici pareisse.

MICOURAU.

Nautre noun vous couneissem pas.

L'ANGI.

Bravei bergié, sara lèu fa de mi couneisse.

MICOURAU (*secouant ses camarades*).

Jaque, Matiéu, revihas-vous
A la vouas que vèni d'entendre.
(*Ils se lèvent*).

L'ANGI.

Mei bouens ami, siegués urous.

LEI BERGIÉ (*ensemble*).

Digas-nous lèu tout ço qu'avès à nous aprendre.

MICOURAU (*parlé*).

Bel estrangié, qu sias ? vous avem pas coumpres.
Lou soun de vouestro vouas nous rende tout susprés.

L'ANGI (*parlé*).

Agués pas pòu de iéu, pastre d'esto countrado.
Vèni vous anounciá l'urouso destinado
Que vouestrei reire grand an longtems espera.
Aquéu que lou Signour un jour devié manda
Pèr escarfa lei mau de soun pople coupable,
Es naissu questo nué dedins un paure estable,
Entre l'ai e buou, sus la paio d'un jas,
Aguen pèr tout maioué quauquei marri pedas.
Anas à Betelem, es dins aquéu vilagi
Que lou Diéu de la terro espero vouestr'òumagi.
Lou veirès dei proumié se perdès ges de tems :
Acampas-vous, partès e pourtas de presèn.

Couplet.

Pople de Diéu, anas vers lou Messio
Que vèn soufri pèr vous faire de ben ;
Se sias fidèu, dins uno autro patrio,
Au paradis un jour si reveirem.

(Il s'élève dans un nuage et disparaît).

(Chœur invisible).

Gloria in excelsis Deo :
Et in terra pas hominibus bonæ voluntatis.

SCÈNE III.

LEI MEME, manco l'ANGI.

(Pendant le chant du Gloria, *les bergers sont restés stupefaits, puis ils se rapprochent timidement les uns des autres).*

MICOURAU *(avec intention).*

Eh ben, que dies, Matiéu, d'aquelo bagatèlo ?

MATIÉU.

Micourau, siéu candi d'aprendre la nouvello.
Viéu veni de vesin, eme nautre vendran,
Li vau counta lou fet, belèu que n'en riran.

SCÈNE IV.

LEI MEME, CHIQUÉ, ROUBIN.

ROUBIN.

Que novo pèr eici ?

MATIÉU.

Avem galoio aubado.
Lou ciel vèn de parla, courrem dins la bourgado.
Troubarem sus de fen lou Messio proumes,
Qu'es naissu questo nué : anem veire coum'es.

CHIQUÉ.

Oh! pèr lou còu, Matiéu, nen dies uno que counto
La galejado es boueno e toun er mi demounto;
Vai, se quauq'un t'ausié va creirié suramen
Car semblo que va dies fouesso seriéusamen.

MICOURAU (*à Matiéu, à part*).

M'as parla coum'acò, Matiéu, se t'en rapèlo,
Quand eici, de matin, as sachu la nouvello.

ROUBIN.

Matiéu, moun bouen ami, crèsi que sies malau,
Vai ti jaire, fai lèu, es lou lié que ti fau,
As lou cervèu esclap, ta testo es pas tranquilo.
Quaucaren qu'as begu t'a fa mounta la bilo:
Sies eme dous gaiar que bevoun soun escò.

MATIÉU.

Va cresès pas ? m'enchaut, pagui pas pèr acò.
Micourau lou proumié a sachu lou mistèri.

JAQUE.

Es verai ço que dis, lou trataviam d'arlèri,
Quand l'angi dóu Signour subran a pareissu,
Nous a di qu'esto nué leu Messio es naissu,

Qu'anessiam l'a trouba dedins un paure estable
Tout prochi Betelem, qu'èro ben miserable.
E qu'óublidessiam pas de li faire un presèn :
Ai dèjà ço que fau pèr lou bel inoucèn.

CHIQUÉ.

Se fau que digui tout siéu aqui pèr va creire,
Siéu pas dei pu curiéu, mai voudriéu ben va veire.

MICOURAU.

Roubin, sies pensatiéu.

ROUBIN.

Mi vesès maucountènt
Despiei que l'ami Jaque a parla d'un presèn.
Laissas-mi vous counta l'encauso de ma ragi :
(Tous les bergers se rapprochent pour l'écouter).
Aviéu mes souto clau lou pu pouli froumagi,
L'armari n'es pas grand, à dire lou verai,
Mai pamens n'avem proun pèr ren metre au degai.
Pèr malur un trau, qu'èro au dabas de l'armàri,
Fa que dedins la nué si li resquìo un garri.....
A peno lou matin fugueri descendu,
Que dins mei prouvisien auseri coum'un bru :
Subran aplanti l'ui au travès d'uno fento
E viéu dins un cantoun moun garri, senso crento.
Sus un toupin de mèu que s'èro pas touca.
Qu'aurias fa, digas-mi ?

CHIQUÉ.

L'auriéu poussa lou cat
Senso mai espera.

ROUBIN.

Es ben ço que fagueri ;
Mai lou moumen d'après sabès ço que vigueri ?
V'anas trufa de iéu bèu que va vous dirai.....

JAQUE.

Lou garri l'èro plus ?

ROUBIN (*tristement*).

Lou froumagi nimai.
(*Hilarité générale*).

CHIQUÉ.

Counsouelo-ti, Roubin, ai de poulidei pruno,
Si lei partejarem, veiras, soun pas coumuno.

ROUBIN.

Chiqué, ti remerciéu. Vai, lou long dóu camin
Cantarem touis ensem queste pouli refrin :

Couplet.

Despachem-si d'ana dins la bourgado,
A Betelem lou fiéu de Diéu es na,
Lei menestrié li toucaran l'aubado,
A sei ginous s'anarem prousterna.

Gai pastourèu lou Signour nous atende,
Rendem-si lèu prochi dóu nouvèu na,
Dins nouestrei couar la carita descende,
D'un tau bouenur fuguem plus estouna,

(*Ensemble*).

Despachem-si d'ana dins la bourgado, etc.
(*Sortie*)

SCÈNE V.

L'AVUGLE, SIMOUN soun fiéu.

L'AVUGLE.

(Il arrive lentement, appuyé sur l'épaule de son fils).

Simoun, siéu fouesso las, mi sènti plus d'ana,
Lei cambo mi fau mau, pouedi plus camina,
Siam encaro ben luen, lou camin es penible,
Fai m'un pau repauva.

SIMOUN.

Fuguès pas tant sensible.
Assetas-vous aqui, vous rasseguraxès,
Lei forço revendran pau-ch'à pau, va veirès.
(Il le fait asseoir).
Vous tourmentès pas mai, sabès ben que grandissi
E que de moun travai toutaro mi nourrissi,
Veirès dins pau de tems que viéurem pas tant just.
Moun paire, cresès-mi, ben lèu soufrirès plus.

L'AVUGLE.

Oh ! soufrirai toujour de tant de maluranço;
Cade jour de ma vido aumento ma soufranço,
Benirai lou moumen ounte la mouart vendra
Pèr fini lei chacrin que m'an tant fa ploura.

SIMOUN.

Anem, coumençàs mai, m'aimas doun plus, moun paire?

L'AVUGLE.

Simoun, perdouno-mi s'ai pouscu ti desplaire;
Vai, coumprèni tròu ben ço que ti fau passa,
Pèr que m'arribe plus vène lèu m'embrassa.
(*Ils s'embrassent*).
Gramaci. moun enfant, fai mi nen encaro uno.
Ti ressouvengues plus de ma lagno impourtuno;
Despiei que m'an rauba, l'a ben dès an d'acò,
Toun fraire Safourian, moun pu jouine pichot,
Ai ploura tout moun sang, ai langui dins l'espero.
Meis ui si soun foundu dins ma longo misero;
Ai vist passa lei jour, lei semano, lei mes,
Senso que m'agon di: v'anam dire v'ount'es.
Sabié crida ren mai que lou noum de soun paire,
Revesiéu dins sei tret lou retra de sa maire,
Eri countent, Simoun, quand jugaves em'èu,
E l'an pres... e l'an tua... lou veirai plus, moun bèu.
(*Sanglots*).
Soun er fin, seis ui blu, sa rousso cheveluro.
Soun nas tant prouflela, sa coupo de figuro,
Soun biai e soun amour, tout mi rendié urous,
E, plen de moun bouenur, v'embrassavi toui dous.

SIMOUN.

Es ansin qu'avès di que serias pu tranquile?
Que vous lagnarias plus? que serias pu doucile?
Moun paire, vous v'ai di, Safourian es pas mouart,
Quauque jour revendra, va sènti dins moun couar,
De lou veire arriba fau garda l'esperanço.

L'AVUGLE.

Tei paraulo, moun fiéu, garisson ma soufranço....
(*Il se lève*).

Tè, la forço revèn e vau ti va prouva :
Finqu'à l'estable sant voueli plus mi pauva.
(*Sortie*).

DEUXIÈME TABLEAU. — CHANGEMENT A VUE.

Le théâtre représente un vallon. Au fond une colline dominée par un moulin à vent.

SCÈNE VI.

LOU BOUMIAN, CHICOULÉ soun fiéu.

LOU BÒUMIAN.

Couplet.

La bello nué !
Lou ciel es en fué,
Venès lèu mi veire;
E pourrès mi creire
Quand vous aprendrai,
Quand devinarai
La boueno fourtuno.
Venès fouligau,
Vous fara gau.
Restarès en uno ;
Aurès de plesi
E serès candi
Ren que de m'ausi.

CHICOULÉ.

Devinas, vous que vias ço que l'a dins leis er.

LOU BÒUMIAN.

Ti diéu qu'au firmamen tout si fa de traver.
Ço que si passo amoun es pu fouart que ma sciençò.
Eilà si fasié nuè, lou jour eici coumençò,
Lou fré meme, lou fré vèn de fini subran.

CHICOULÉ.

Bessai dins tout acò l'a quaucaren de grand
Que poudès pas sesi maugra vouestro magio.

LOU BÒUMIAN.

Taiso-ti, Chicoulé, es uno merevibo
De veire lou talèn que desplegui pertout.
(A part.)
Vaqui lou proumié còu que ma sciençc es à bout.

CHICOULÉ.

Crèsi que vous fès viei.

LOU BÒUMIAN

Respètes plus toun paire?
Ti punirai, gusas, mi cargui de l'afaire;
Rende-mi tout l'argèn que t'aviéu fa garda,
E piei..... ti voueli plus.

CHICOULÉ.

Daise, fau parteja.
Lei gèn que troumpavias es iéu que lei souenavi.
Perque m'avès tengu lou jour que m'enanavi,

Sariéu ben pius urous. ... Ansin voueli ma part.
(*Il tire des pièces de monnaie d'un vieux linge et les compte à terre*).
Un, dous, tres, quatre, cinq.... (*Il écoute au loin*).

LOU BÒUMIAN (*à part*).

Mi nen siéu pres tròu tard,
Auriéu degu garda lei sòu que mi dounavon.
(*On entend au loin fredonner un* Tra la la).

CHICOULÉ.

M'a ben sembla d'ausi de mounde que cantavon;
Mi vau leva d'eici. (*Il ramasse la monnaie*).

LOU BÒUMIAN.

Chicoulé, un moumen,
Assagem enca'n còu de gagna quaucaren,
Aquestei soun countèn fau cerca de lei toundre.

CHICOULÉ.

Pèr lei mies tarouna venès lèu vous escoundre.
(*Sortie*).

SCÈNE VII.

BARNABÈU, mòunié.

(*Il descend du moulin, chargé d'un sac de farine*).

Couplets.

En courren sus un tau camin
Pourriéu ben pica d'esquino,

Mai jouirai de bouen matin
  D'aquelo clarta divino,
Dins moun oustau tout va bouen trin,
  Laissi faire la farino.

M'en-vau lèu dire à moun vesin
  Çò qu'ai vist sus la coulino:
Ausi lou bru dóu tambourin,
  Lei cansoun d'uno vouas fino;
Subran descendi dóu moulin
  Emo moun sac de farino,

(*Parlé*).

Jamai coumo aujourd'uei mi vau tant rejoui,
Vau lèu mi despacha, l'ase dóu si langui,
Fau lou veire, perèu, coumo si poumpounejo
Quand si ves caressa, quand quaucun lou flatejo;
L'ai vougnu lei sabò, l'ai fa lusi lou pèu,
Pòu plus si counteni de si veire tant bèu;
Vau leva de la peno aquéu pichot bramaire,
Arribarai proumié, lou sabi bouen courraire,
E pouedi mi vanta, paraulo de mòunié,
Que poussèdi la flour deis ase dóu quartié.
De moun galant bidet sabi l'acoustumanço,
M'a souvent debaussa pèr cerca tròu d'aisanço.
Se lou roumpiéu de còu anarié pas pu plan,
Lou camin sarié lis coumo un paume de man,
Que s'embarbouiarié au mitan dei baragno.
Sabi que l'autre jour mi douné ben de lagno,
E coumo un cabudèu moun ase roudelé;
L'aviéu laissa larga sus lou bord dóu coulé,
Anaviam plan-plané nouestro pichoto routo,

En sounjan que ben lèu pourriam bèure la gouto.
Quand, sènso m'averti, lou senti reguigna
E, dins un vira d'ui, senso mi counsigna,
Au mitan dóu draiòu piqui dei quatre ferri.
— Ren que de li pensa mi prèn lou treboulèri. —
Mai ço que mi countento es soun pouli brama;
Reston toutei ravi tant s'en trobon charma;
Pèr provo nen dirai que quand l'aubo es levado,
Sa vouas douno lou :oun cis ai de l'encountrado,
E piei de luen'ch en luen la noto d'amound'au
Si repèto cent còu finquo pèr eissavau.
Tamben quand parlo d'èu, Janet lou troumpetaire
Dis que pèr soun mestié moun ai farié l'afaire.
Cadun nen es jalous, e dedins nouestr' oustau
Qu veirié nouestr' acord segu li farié gau,
Car iéu, moun ai, moun chin, ma fremo eme ma filho.
Fourman dins lou moulin la pu bello famiho.

(*Sortie*).

SCÈNE VIII.

PIMPARRA l'amoulaire.

(*Il arrive gaiement avec sa meule*).

Couplet.

Apereilà dins lou vilagi
Fan de trin à plus feni,
Ai acampa moun óubragi
Pèr pousque lèu m'enveni.
Eici dóumen

Ausirai ren,
E cridaran
Tant que voudran :
Nouvello, nouvello !
Se lou Messio èro na, la cavo sarié tròu bello.
Mi va creirai
Quand va veirai,
E finquo alor, iéu, pas fada,
Va crèsi pas.

(*Parlé*).

A la fin mi veici, crèsi qu'es pas de glòri.....
Se vouliéu, coume fau, racounta moun istòri,
N'auriéu pèr barjaca tres jour senso escupi ;
V'entamenarai pas de pòu de m'enrampi,
Belèu que pourriéu plus faire vi.a ma rodo.....
Se tastavi lou vin ?.... La besougno es coumodo
Quand pouedi tant sié pau refresca lou siblé ;
(*Il détache un flacon suspendu à la meule, et boit un coup*):
Senti qu'acò d'aqui renforço lou pougné,
E pèr aqueste còu farai provo d'adresso ;
Mi vau lèu metre en trin qu'ai de travai que presso.
(*Il prépar* [illegible] *eule, prend un couteau et travaille en chantant*).

Couplet.

Bouleguem-si, ma poulideto,
Ensem gagnarem quauquei sòu,
Amoulem cisèu e jambeto,
Veiras que farem ren de tròu.
Pèr li douna lou darrié còu
Mi fas bouqueto,

A moun plesi viro toujour,
O meis amour.

Au bru de la grando nouvello
Cadun a mes lou cacho-fué ;
Lei pastourèu, lei pastourello
S'envan countent, la testo au jué ;
Sus lei camin passon la nué,
Gueiran l'estèlo,
Nautre l'arribarem toujour,
O meis amour.

(*Parlé*).

Lou Messio es naissu, va dison de pertout,
Mai pèr va dire ansin v'an-ti vist après tout ?
Tant que vaurai pas vist creirai pas sa vengudo ;
Pamens nauriam besoun pèr nous douna d'ajudo,
Car en ben li pensan l'a de que s'endiabla.
Verai vo pas verai mi voueli regala ; (*Il reprend le flacon*).
Ai fa ma prouvisien d'aquéu qu'a boueno mino,
E pèr pas resta court ai rempli moun eisino,
Coume acò sus la routo es segu que béurai.
Va disi de bouen couar, lou vin mi rende gai,
Mi fa, touto la nué, dourmi coume uno souco,
Mi mete cade jour lou rire sus la bouco,
M'aléugeiro tout plen la peno dóu travai
E mi douno pereu lei pu pouli pantai.
Ai meiour apetì, mi sènti mai de forço,
Barruli mai que mai senso mi fa d'entorso.
Mi chàli de plesi davans un gros rasin,
Car vesi dins chasq'agi'no gouto de vin.
Fau dire qu'ai dóu bouen, mai souini la vendumi,

Quand lou ben n'a besoun, tout soulet iéu l'enfumi:
Pèr esquicha lou moust siéu jamai lou darrié (*Il boit*).
E vaquito pèrque bevi tant voulentié.
Piéi quand neu prèni tròu mi fa vira la testo.
Alor meti lou tap pèr conserva lou resto.

Couplet.

Mi foudra prendre gardo
De pas tant m'empega,
Senso acò la camardo
Pourrié m'aganta.
Lou Diéu que mi proutejo
Garira moun defau,
Mi levara l'envejo
De faire lou mau.

(*Parlé*).

Ausi veni quauq'un, es belèu Pistachié;
Vau lèu d'aqueste pas estrema lou pechié,
Eme soun er fada pourrié ben mi lou prendre,
E l'aurié plus mouien de si lou faire rendre.
(*Il attache le flacon à la meule, et emporte le tout*).

SCÈNE IX.

PISTACHIÉ (*seul*).

Segu qu'aqueste còu sarai pas lou darrié;
Mi sariéu pas douta d'estre tant matinié;
Lou clar dóu firmamen escarfo leis estèlo;
Iéu, cresèn qu'èro l'aubo, ai juga dei semèlo,

Car m'an recoumanda d'estre lèu de retour
Pèrque ma coumissien fugue facho avans jour.
Quand m'atrobi soulet susi à grossei gouto,
Aro pèr m'acaba mi siéu troumpa de routo,
Mi semblavo pamens qu'èro aqui lou camin
Que meno tout darré au vilagi vesin.

(Il regarde de tout côté).

Mai ounte bouenan siéu ?.... coumenci d'agué tafo
Leis aubre d'eissamoun semblon de tirografo,
Despiei d'un gros moumen lei vesi brandaia
Coumo se lou mistrau lei fasié gassaia. *(Peur)*.
L'aurié-ti de voulur ?.... Se mi prenien, pecaire,
Pourriéu plus m'entourna pèr feni meis afaire :
Ho, mai n'en vendra gés. Tremoueli, paure iéu.....
En que li servirié de mi rauba tout viéu ?
E mouart, que nen farien de ma pauro carcasso ?
Se passavo quauq'un mi metrié l'amo en plaço.
Mi sènti pas de courre, entèndi fouesso bru,
Ah ! moun Diéu, soun eici, d'ajudo....., siéu perdu...

(Il tombe).

SCÈNE X.

PISTACHIÉ, LOU BOUMIAN, CHICOULÉ.

(Ils entrent au milieu d'une flamme de bengale qui sort de la coulisse).

CHICOULÉ.

Pèr viéure coumo acò fau n'agué l'abitudo,
De tout ço que mi dias ai la testo roumpudo

La clarta d'aquéu fuè mi vèn d'esbarluga,
D'uno talo vapour siéu tout estoufega.

LOU BÒUMIAN.

Ai moun plan, Chicoulé, l'a certenei baragno
Qu'en lei fasen abra tapon nouestro magagno :
Nen tèni lou secret d'un famous briguetian :
Couneissiras pu tard lei talen d'un bòumian.

PISTACHIÉ (*sortant de son évanouissement*).

Ah !..... mestre..... Pimpara.....

LOU BÒUMIAN.

Qu's que parlo eici prochi ?

CHICOULÉ.

Es un ome qu'a mau, li vau cura lei pochi.

LOU BÒUMIAN.

Noun, noun, va voueli pas, laisso-mi faire, iéu
(*Il relève Pistachié*).
Acò nen sara ren, aubouro-ti, moun fiéu.

PISTACHIÉ (*debout*).

Recebi voulentié vouestro boueno assistanço.
(*Il examine le Bohémien*).
Mai digas-mi qu sias ? (*à part*) la drolo de prestanço !
Siéu pas fa coumo acò.

LOU BÒUMIAN.

Voues couneisse qu siam ?
Es juste, moun ami.

SCÈNE XI.

LEI LEME, JIGÈ, *bégayant fortement.*

JIGÈ (*à Pistachié*).

Sies aquito fenian ?
Ti cerqui de pertout.

PISTACHIÉ.

Mi cerques, perque faire ?

JIGÈ.

T'esperon à l'oustau car vuei l'a fouesso à faire ;
T'an di de lèu veni e pameus vènes plus.

PISTACHIÉ.

Mi siéu troumpa de routo.

JIGÈ.

Oh ! mai iéu sabi l'us ;
Se t'envènes pas léu v'anarai dire au mestre.

PISTACHIÉ.

Cresi que se li sies iéu li pouedi ben estre.

LOU BÒUMIAN.

T'envagues pas tant lèu se voues saupre qu siam,
Fugues countent, moun fiéu, sies eme de bòumian.

PISTACHIÉ et JIGÈ (*criant et gesticulant*).

De Bòumian..... de Bòumian.....

PISTACHIÉ (*pouvant à peine parler*).

Lou mot soulet m'esfraio.

CHICOULÉ.

Se va prenon ansin chanjaran lèu de braio.

LOU BÒUMIAN (*à Pistachié*).

Voulies saupre qu siam, ti vai di voulentié;
Mai tu, coumo ti dien?

(*Pistachié n'a pas de voix et répond par des signes*).

JIGÈ.

Èu..... li dien..... Pistachié.....
E iéu..... mi dien Jigè.....

CHICOULÉ.

Vaqui de noum barroco.

LOU BÒUMIAN.

Lou diable lei batege, es tout de noum de broco.

PISTACHIÉ (*reprenant la voix*).

Es lou noum qu'en naissen moun paire m'a douna,
Degun autre que vous si n'atrobo estouna.

LOU BÒUMIAN (*à Jigè*).

E tu, gros bedigas, digo-mi, qu'es toun paire?

JIGÈ.

Paire et maire soun mouart, restavon d'aquéu caire;
Aro gagni ma vido encò de moun cousin.

LOU BÒUMIAN.

T'ai jamai rescountra quand vau vers lou moulin.

JIGÈ

Mi laisson à l'oustau perque dison, pechaire,
Que siéu bouen qu'en acò e que sabi ren faire;
Gardi l'ase, pamens jamai mi van apres,
E lou gardi tant ben que jamai nous l'an pres.

PISTACHIÉ.

Parles fouesso, Jigè, fau que ta longo vague.

JIGÈ.

Acot es moun travai, qu l'a fau que lou fague.

LOU BÒUMIAN.

Avanço, Pistachié, fai-mi veire ta man. (*Il l'examine*).
Dins tres mes tout au mai deves estre bòumian.

PISTACHIÉ (*épouvanté*).

Mai que mi dias aqui?

JIGÈ.

Qu'es que ti di lou mouestre?

PISTACHIÉ.

M'avalariéu tout crus pulèu qu'estre dei vouestre.

LOU BÒUMIAN (*avec autorité*).

N'avem fa counsenti de pu crano que tu,
Si crèsian fouesso fouart, lei avem counfoundu;
Au bout de quauque tèms an vist qu'ero inutile
De fa de repetun, l'avèn fugues doucile.

PISTACHIÉ (*menaçant*).

Vous approuchès pas tant.

JIGÈ.

Pistachié, voueli pas
Que ti fagues bòumian.

PISTACHIÉ (*se débattant*).

Vous diéu de ven'ana.

JIGÈ (*cherchant un objet quelconque*).

S'agànti quauquaren ti li douni l'estreno.

SCÈNE XII.

LEI MEME, PIMPARA.

PIMPARA.

Qu'arribo, Pistachié?

PISTACHIÉ.

Lèvo-mi de la peno,
Vène lèu m'ajuda que m'envagui d'eici.

PIMPARA.

Cresiéu que t'avien tua, m'as douna de souci,
Questo nué sabretout ounte lou bru si passo
Qu'es naissu lou Messio.

LOU BÒUMIAN.

Aquelo es Jan-trepasso!
E vautre va creirias? Coumo voulès qu'un Diéu
Eme de paurei gen vague metre soun fiéu?

PIMPARA.

Dien que la crido vèn dóu païs deis estèlo,
Ren prouvo mai qu'acò qu'es tout de bagatèlo.

LOU BÒUMIAN.

Aquit avès resoun. — Va crèses, Pistachié?

PISTACHIÉ.

Pèr vous faire plesi va creiriéu se foulié.

LOU BÒUMIAN (*à Pistachié*).

Mesclo-ti, darnagas, de ce que ti regardo,
De creire acò d'aqui douno-ti ben de gardo,
E tèn-ti va pèr di.

PISTACHIÉ.

Alor va crèsi pas.

PIMPARA.

Mai se vesies lou trin que fan pèr eilà-bas,
Diries pas coumo acò. Cadun v'es ana veire.

PISTACHIÉ.

Alor per t'agrada pourriéu ben mi va creire.

LOU BÒUMIAN.

A iéu respoundes noun, dies voui à l'amoulè;
Va crèses voui vo noun?

PISTACHIÉ.

Va diéu coumo voulès,
Devès estre counten, ma fé, tant l'un que l'autre.

LOU BÒUMIAN.

Sauras la verita se vènes emé nautre.

PIMPARA.

Iéu coupi court à tout, e coumo pas malin,
Va creirai que d'aquéu que pagara do vin.

JIGÈ.

Voui, sa fé dependra dou noumbre de boutiho.

LOU BÒUMIAN (*à Pimpara et à Jigè*).

Aro que nous avès proun cali leis òuriho
De tant de fausseta, laissas-nous en repau.
(*A Pistachié*). — Escouto, Pistachié, ti farem ges de mau,
Mai fau veire avans tout se pou-iem faire pacho.

PIMPARA.

Se lou pagas d'avanço es uno cavo facho.

PISTACHIÉ.

Un moumen, sabi pas ço que mi croumpara.

PIMPARA.

Mai que doune d'argen sara ço que voudra,
Car si pòu figura que li farem pas crèdi.

PISTACHIÉ (*au Bohémien*).

Pèr vous faire uno vendo es pas ce que poussèdi,
E coumprèni pa'nca ço que pouarti sus ièu
Que pousque v'agrada.

LOU BÒUMIAN.

Poues va faire, moun fiéu,
Fau mi vendre toun oumbro. (*Stupéfaction générale*).

JIGÈ.

Acot es pas poussible!

PISTACHIÉ (*au Bohémien*).

Parlas seriéusamen ?

PIMPARA.

Lou Bòumian es risible ;
Uno oumbro peso gaire, es facilo à pourta.

JIGÈ.

Per lou còu siéu caudi.

LOU BÒUMIAN.

Fau lèu si decida ;
Quand croumpi quauquaren fau pas tant de mistèri.

PISTACHIÉ (*à part*).

Auriéu pas supousa lou Bòumian tant arlèri,
Que de vougué croumpa de cavo coum' acò.

PIMPARA.

Es fouele lou paure ome, a'n còu sus lou cocò.
(*A Pistachié*).—Fai pacho, moun ami ; se ti pago d'avanço,
Emo lei cambarado anarem fa boumbanço.

Chant. — Ensemble.

LOU BÒUMIAN.

Moun idèio li parei soumbro,
Moun idèio leis a suspres,
Quand l'aurai croumpa soun oumbro,

Aurai soun cors e soun amo à la fes.
Se parvèni d'agué soun oumbro,
Aurai soun cors e soun amo à la fes.

PISTACHIÉ, PIMPARA, JIGÈ e CHICOULÉ.

Soun idèio mi parei soumbro,
Soun idèio m'a ben suspres,
Quand m'/l' aura croumpa m/soun oumbro,
mi/li dounara l'argen que m'/l'a proumes.
Que pourra faire de m/soun oumbro,
Pèr mi/li douna l'argen que m'a/l'a proumes.

(*Parlé*). PISTACHIÉ (*au Bohémien*).

Avant de counsenti voueli veire l'argen.

LOU BÒUMIAN (*à Chicoulé*).

Fai-mi passa lou basse. (*Chicoulé tire de sa poche un vieux bas rempli de monnaie que le Bohémien met dans la main de Pistachié*).

Eici toun pagamen.

PISTACHIÉ (*examinant la bourse et sautant de joie*).

O bouenur, que d'escu! n'ai la man quasi pleno.
Aluco, Pimpara, jamai tant boueno estreno.

PIMPARA (*s'emparant de la bourse*).

Es de bello mounedo, ausi que fa din-din;
Anam béure subran un bouen flasquè de vin.
(*Il met la bourse dans sa poche de derrière, Chicoulé la lui*

dérobe adroitement. Pendant ce temps le Bohémien suit Pistachié pas à pas, marchant sur la silhouette qu'il forme sur le parquet).

PISTACHIÉ (*à part*).

Que mi vòu lou Bòumian eme sa mino soumbro.
(*Au Bohémien*). Fau pas mi caussiga.

LOU BÒUMIAN.

M'empàri de toun oumbro,
Es miéuno, l'ai pagado.

PISTACHIÉ.

Alors sara reçu
Que pertout ounte vau mi marcharès dessu?

PIMPARA (*voulant emmener Pistachié*).

Vau coumanda lou vin, vène d'aqueste caire,
Ti fagues pa'spera.

LOU BÒUMIAN (*retenant Pistachié*).

Douçamen, l'amoulaire.
Toui dous eme Jigè vous anas retira,
E farès atencien de pas vous revira.

PISTACHIÉ (*voulant s'échapper*).

Mai coumo s'arranjam?

LOU BÒUMIAN (*le retenant plus fort*).

Nouestro règlo es sevèro,
Se mi voues tarouna veiras ce que t'espero.

PISTACHIÉ (*à Pimpara et à Jigè*).

Digas-mi v'ounte anas, que sachi lou camin.

PIMPARA.

Anarem de pertout ounte l'aura de vin.

LOU BÒUMIAN.

Pistachié, souvèn-t-en, manques d'oubeissenci,
Toutaro dins la baumo aprendras ta sentenci.

(Il enlève Pistachié sur ses épaules et l'emporte avec l'aide de Chicoulé. Pimpara et Jigè fuient précipitamment du côté opposé).

TROISIÈME TABLEAU. — CHANGEMENT A VUE.

—

Le Théâtre représente un site plus animé. Au fond, quelques cabanes. Au premier plan et de chaque côté, les maisons de Jordan et de Roustido.

—

SCÈNE XIII.

FLOURET (*seul*).

AIR.

Vèni d'ausi sus lei coulino,
Un cant pouli, de vouas divino ;
Vèni d'ausi un cant pouli,
De vouas divino
Que m'an ravi.

1er *couplet*.

Tant dous ramagi
Que m'encanta,

Vouestre longagi
Dins lou vilagi s'es repeta.
Au grand messagi,
Qu'avès crida,
Lei roumavagi si soun fourna
Ai moun bagagi
Tout prepara,
Tout prepara per lou vouiagi,
Anarai veire lou nouvèu na
Que dien tant sagi.

2me *couplet*.

Dins la campagno
Moueri de fré,
L'esfrai mi gagno
D'estre soulet
Senso coumpagno.
Diéu tout-puissant
Degun m'entende,
La pòu mi rende
Coumo un enfant.
Douço esperanço!
Siéu traspourta,
D'este cousta
Quauq'un s'avanço;
L'ami Noura
Vers iéu s'empresso,
Soun alegresso
M'a rassura.

Vèni d'ausi sus lei coulino, etc.

SCÈNE XIV.

FLOURET, NOURA.

(*Noura est arrivé par la gauche vers la fin du couplet*)

FLOURET.

Voudriéu ti faire part dou miracle nouvèu
Que vènon de crida tout prochi nouestr' amèu.
Mai mi va sènti pas, tant la joio m'aflamo,
Pouedi plus counteni lei trasport de moun amo.

NOURA.

Va sabi coumo tu, Flouret, siam tròu urous.
Souvèn-ti qu'esto nuè cadun ero doutous
Dei bru qu'avien couru pertout dins lou tarraire.
Que vendrié lou Messio e que restarié gaire;
Aro lou poussedam, l'anam veire en courren.

FLOURET.

Fau va dire ei bergié que nen soun ignouren,
En ausen la nouvello auran plus ges de lagno.

NOURA.

Anem doun v'announça dins toutei lei campagno.

Couplet à deux voix.

Revihas-vous, venès, pastourèu,
Que dins la countrado
Si fa la chamado.
Anem, jouvencèu,

Venès au pu lèu
Veire l'acouchado
Qu'es dins nouestr'amèu.
L'enfantoun es bèu
Coumo un soulèu ;
Espero uno aubado.
L'anarem ensem ,
Li la jugarem
E l'adourarem.

FLOURET (*Parlé*).

Bessai qu'auran ausi dou biai qu'avem canta.

NOURA.

Nen viéu veni d'eici, nen viéu veni d'eila ,
E se coumo avem fa leis autre vouelon faire ,
Avans que sié grand jour nen vendra de tout caire,

SCÈNE XV.

FLOURET , NOURA . TISTÉ , MAISSEMIN ,
GOUSTIN.

(*Ils arrivent chacun d'un côté opposé*).

Couplet. — Dialogue.

TISTÉ.

Qu'es tout aquéu ramagi
Qu'entendi tant matin ?

MAISSEMIN.

Jamai dins lou meinagi
S'èro fa tant de trin.

GOUSTIN.

Que sau qu'es arriba,
Pourrias-ti nous v'aprendre ?

FLOURET.

A miejo-nué nous an crida
Qu'à Betelem Jesus es na.

(*Ensemble*).

Partem sens plus atendre (*bis*).

MAISSEMIN (*Parlé*).

Es verai ço que dies, Flouret, Jesus es na ?
De tout ço que nous dies, mi vies fouesso estouna ;
Se voulies tarouna l'aurié pas de que rire :
Anarem eme tu, si fisam à toun dire.

FLOURET

Escoutas, meis ami, fau pas que lei jouvèn
Siegon soulet temouin dóu bouenur que nous vèn,
Laissem pas coumo acò lei douien dóu vilagi,
Quand leis aurem souena si metrem en vouiagi ;
Mi semblo que lei viéu, saram toutei candi,
Mai coumprendran ben lèu tout ço que l'aurem di
E va repetaran de bastido en bastido,
Ansin tardem pas mai, coumencem pèr Roustido.

SCÈNE XVI.

LEI MEME, fouesso **PASTRE** eme lou **TAMBOURINAIRE**, segui dei **BOUMIAN**.

Ronde. — Ensemble.

Siam vengu touteis ensem
Pèr reviha Roustido,
Siam vengu touteis ensem,
Anam à Betelem.

UN BERGIÉ.

Roustido, fau durbi,
Nous faguès pas langui.

UN AUTRE BERGIÉ.

Fès coumo lei jouven,
Preparas lei presen.

Reprise. — Ensemble.

Siam vengu touteis ensem, etc.

(*Les bergers frappent bruyamment à la porte de la maison de Roustido*).

Roustido, levas-vous, sautas dóu lié, fès lèu.

ROUSTIDO (*à sa fenêtre*).

Despiei d'uno ouro aumen mi roumpès lou cervèu.
O quintei regala! sias uno ribambèlo.
Segu l'a pas mouien de plega la pa[illegible]o;
Digas ce que voulès que mi pousqui sauva.

TISTÉ.

Roustido, soungès pas d'ana mai repauva,
Nan di qu'à Betelem èro na lou Messio.

ROUSTIDO.

Veiriéu-ti s'acoumpli la santo proufecio?
D'un miracle tant grand n'es pa'ncaro lou tems,
Siam pa'ncaro proun brave, ansin en'anas-ven. (*Il rentre*).

TOUTEI LEI BERGIÉ.

Fau que pareise mai vo roumpem la bastido.
(*Ils frappent encore tous à la porte*).

ROUSTIDO (*reparaissant à la fenêtre*).

Se picas enca'n pau sara lèu demoulido.
Lou Messio proumes à nouestrei signe-grand
Naissira, cresès-mi, encò dei gen puissant
E vendrié pas soufri dins un paure meinagi.

GOUSTIN.

Anarem senso vous li rendre nouestr'òumagi.

ROUSTIDO.

Restas encaro un pau, pas tant vite, escoutas:
Digas-mi pèr qu soun lei presen que pourtas?

NOURA.

Roustido, eme plesi vous anam satisfaire,
Si trouvam ben charma de pousqué vous coumplaire
E de ben vous estruire avans que s'enanem:
Soun pèr lou fiéu de Diéu qu'es na dins Betelem,

Qu'a per éu la bounta, la douçour en partagi
E que rendra famous nouestre paure vilagi.

ROUSTIDO.

Sarié-ti ben verai ?

UN BERGIÉ.

Roustido, es ben segu.

ROUSTIDO.

Oh! li vau, meis enfan, m'avès tout esmòugu.
(*Il rentre et ferme la fenêtre*).

FLOURET.

Aro qu'es averti caminem de pu bello,
Roustido saura proun esbrudi la nouvello.

(*Pendant la scène qui précède, les Bohémiens, mêlés dans la foule, se livrent à leurs rapines et se tiennent dans le coin gauche du théâtre, de manière à rester en scène après le départ des bergers*).

Chœur.

O jour lou pu bèu de la vido!
Moumen tant desira.
De Diéu la proumesso es remplido.
Per nous racheta
Lou Messio es na;
L'anarem adoura.
A la celesto armounio
Nouestrei vouas s'uniran,
E de la plus douço meloudio
Leis er si rempliran.

Leis ecò si respoundran,
Toutei lei valoun retentiran
Dóu bru de nouestrei cant.

(*Tous les bergers sortent par la droite, répétant en diminuendo les dernières mesures du chœur*)

SCÈNE XVII.

LOU BOUMIAN, CHICOULÉ.

(*Après la sortie des bergers, Chicoulé va prendre dans la coulisse du fond, à gauche, les objets qu'il a dérobés et les montre au Bohémien*).

CHICOULÉ.

Paire, alucas un pau, anam faire calèno,
En buven quauquei còu remplirem la bedèno.
Fau si pensa, perèu, que siam encaro à jun,
E s'avans d'arriba rescountraviam degun,
Mi sènti pas d'ana finqu'au bout dóu vouiagi :
Ansin, sié coumo sié, vau reprendre couragi.
(*Il boit et passe le flacon au Bohémien qui boit à son tour*).

LOU BÒUMIAN.

Foudra si mesfisa d'uno sorto de gen
Que semblo qu'en nous vian li manco quauquaren ;
A trento pas d'aqui fan d'ui coumo de bocho,
E quand nous an quita si vesiton lei pocho.
Tè, pèr qu'avans lou jour degun m'atrobe mouart,
Mi vau precauciéuna contro lou mau de couar.
(*Il boit et Chicoulé après lui*).

LOU BÒUMIAN.

Déuriam pas, Chicoulé, resta sus la grand'routo.

CHICOULÉ.

Mai se li siam darrié, arrisquam ren.

LOU BÒUMIAN.

Escouto.
Anarem pas pu luen e si retournarem.

CHICOULÉ.

Avans de s'entourna belèu repauvarem.
Pèr regagna l'oustau fau faire cambo lasso,
Tambèn dins lou cantoun vau lèu prendre uno plaço.
(Il se couche à terre).
E dourmirai eici coumo dedins moun lié.
(Il s'endort).

LOU BÒUMIAN *(après l'avoir contemplé un instant).*

Iéu tambèn, paure enfant, dourmiriéu voulentié,
Car aimi lou repau, mai dins ma vido infamo,
Envegi chasque jour lou calme de toun amo.
De fatigo roumpu, souvent toumbi d'ennui
Senso pousqué dourmi. Ço que si passo v'ui,
Lou mouvamen deis astre, 'aquelei cant de festo,
An treboula mei sens, m'an fa perdre la testo.
Iéu que menavi tout sus la pouncho dóu det,
Aro sus touto cavo ai perdu moun poudé.
Moun prestigi s'en va..... Mei tresor de magio
Soun plus ren din mei man..... Quand parlon dóu Messio
Mi figuri d'ausi ma sentenci de mouart,

Car s'es un Diéu de bouen devendra lou pu fouart.
— Mai l'a ren d'assura, l'afaire es pas ben claro.....
Eh! s'èro pas verai?.... Desespèri pa'ncaro.....
Laissi pas coumo acò lei gasan dóu mestié;
Counessi lei souci, lei peno d'un sorcié;
Non couneissi tamben la glòri, l'avantagi.
Dejà de quauqueis un ai fa l'aprentissagi,
Mai malurousamen soun pa'na jusqu'au bout:
Pèr deveni bòumian fau estre bouen à tout,
E saupre coumo un lou viéure dins la taniero.
Mi rapèli toujour l'enfant de la mòuniero,
Ero un pouli pitoué qu'aviéu pres au moulin;
Se fuguesse pas mouart aurié fa soun camin.
Counti sus Chicoulé, qu'a de biai pèr tout faire.
Ben que siegue pas miéu li farai dré de paire;
Mai quand resouno tròu, quand deranjo mei plan,
Li fau lèu leva lengo e li serri lei flan.

(Chicoulé remue et soupire).

— Fau pas que lou pichot couneisse la magagno,
Aro que voueli faire uno rudo campagno
Contro l'avenamen qu'amuto lou quartié:
Ai croumpa per acò l'oumbro de Pistachié;
A cresu qu'èro un jué, mai soun oumbro es soun amo,
E la góubejarai ....; Que mi fa se reclamo?
L'argèn que l'ai douna dins sei man s'es foundu,
Se l'aviéu pas repres l'autre l'aurié begu,
Ausin tout es prouflé, l'ome, l'oumbro e la bourso...

(Chicoulé se lève).

— Anem, fau s'alesti pèr uno longo courso,
Pu tard, quand sara jour, cercarai lou repau,
Rabaiarem pèrtout, lou resto m'es egau.
Farem passa pèr ui tout ço que pourrem prendre.

CHICOULÉ (*emportant les provisions dérobées*).

Lei pastre soun ben luen, pourram pas nous susprendre.
(*Ils sortent*).

SCÈNE XVIII.

ROUSTIDO *seul*.

(*Il sort gaiement de la maison, chargé d'une besace, portant une lanterne et fredonnant le dernier refrain des bergers*).

Pèr lou còu siam urous, anam en Betelem,
Aro voui que siéu gai, pu gai que lei jouven.
(*Appelant de tout côté*).
Tistè... Goustin... Flouret..., Roustido vous devanço.
Mai m'an laissa soulet?... Caspi ! lou couar mi danso.

(*Le petit Tounin, couché dans l'intérieur de la maison de Jordan, chante ce qui suit. Roustido, étonné, écoute attentivement*).

Couplet.

Si passo quauquaren d'estrangi
Que rende lou mounde countent.
Mi semblavo d'ausi leis angi
Qu'eron vengu dins nouestre ben.
S'aviéu dóumens pouscu coumprendre
Lei founfòni dóu grand camin,
A ma grand v'anariéu aprendre
E li dounariéu bouen matin.

ROUSTIDO (*sortant de son étonnement*).

Aro m'atrobi ben, ô lou brave nistoun !
Mi siéu rassegura d'entendre sa cansoun,
E d'estre acoumpagna l'òucasien m'es fournido :
Lou coumpaire Jordan sara de la partido.
(*Il frappe à la porte en chantant*).

Couplet.

L'ami Jordan sauto dóu lié,
S'agisse d'estre matinié,
L'a plus ges d'estèlo ;
Tardes pas mai,
T'esperarai,
Vène t'aprendrai
De bouenei nouvello.

JORDAN (*à la fenêtre et en bonnet de nuit*).

Qu'es aquéu briguetian que pico adessavau ?

ROUSTIDO.

Jordan, toun bouen vesin ven eme soun fanau
Ti dire d'ana'm'éu per veire lou Messio :
Lou fiéu de Diéu es na de la Viergi Mario.

JORDAN.

Laisso-mi dins moun lié s'as ren autre à counta.

ROUSTIDO.

Jordan, crèse-ti va, ti diéu la verita,
Se vènes eme iéu t'en dounarai la provo.

JORDAN.

Que m'embarqui'me tu? La cavo sariè novo!
Lou tems es pas proun bèu pèr sourti tant matin.
E sènti que lou frè mi fa faire gin-gin.....
Lou nas mi cou' tout plen, ai la bouco fregido,
Ansin fai coumo iéu, vai-ti coucha, Roustido.
(Il rentre et ferme la fenêtre).

ROUSTIDO.

Eh ben, mi vaqui frés! mi laisso tout soulet.
S'aviéu couru, dóu mens, auriéu trouba Flouret,
Car iéu siéu toujour ben eme la jouventuro.....
Mai senti que fa fré, e la sesoun es duro.
Anem, fau mai pica : ohe, l'ami Jordan!...
(Il frappe très fort).

JORDAN *(à la fenêtre)*.

Vau abourra lou chin sus aquéu maufatan.

ROUSTIDO *(reculant)*.

Caspi! coumo li vas.

JORDAN.

Es mai tu, ô Roustido?

ROUSTIDO.

De graci, moun ami, souarte de la bastido,
Lou Messio es naissu, va soun vengu crida,
Vène dins Betelem, ti fagues plus prega,
Aluco un pau d'amoun, lou ciel fa gau de veire.

JORDAN.

Roustido, moun ami, coumenci de va creire,
Esperaras un pau que mi vàgui vesti,
Bouto, sarai pas long, ti farai pas langui.
(Il rentre et ferme la fenêtre).

ROUSTIDO.

Couplet.

Que Diéu sié beni!
Aviéu quasi perdu couragi.
Que Diéu sié beni!
Soun long refus a piei fini.
Anarem ensem,
Caminaren
Finqu'au vilagi.
Vène lèu, Jordan,
Mi languirai pas tant.

(On entend dans la maison un grand bruit de vaisselle brisée).

Fas un charavarin, Jordan, acò's de resto.

JORDAN *(de l'intérieur).*

Ah! moun Diéu, siéu perdu, mi siéu roumpu la testo.
Pèr estre pulèu lès ai embrounca lou lié,
E pica, dóu reboun, dessus l'escudelié

ROUSTIDO.

Voudriéu ben t'ajuda, mai la pouarto es sarrado.
(*A part.*) Viéu parti coumo acò ma bello matinado!

SCÈNE XIX.

ROUSTIDO, JORDAN.

(*Jordan arrive clopinant et se tenant les reins*).

JORDAN.

Roustido, mi vaqui.

ROUSTIDO.

Eh ben, ti cresiéu mouart.

JORDAN.

Ai begu quauquaren que m'a durbi lou couar...
— Pèr abra lou calèn cercavi de brouqueto,
Nen trouvavi pas ges, l'avié que de busqueto,
Moun ped s'es empacha dins de marri coufin
E siéu ana fa testo au mitan dei toupin.
Acò s'aprèn à tu, poudies ben resta'n'uno
E remanda pu tard ta vesito impourtuno.
(*portant la main à ses reins*).
Ah! moun Diéu, que doulour, lei rèn mi fan ben mau,
Mi seriéu pa'mbrounca s'aguessi moun fanau;
Mi l'as pa'nca paga, t'en souvènes, Roustido?

ROUSTIDO.

Ti l'ai pa'nca paga? Aquelo es pas marrido!
Jordan, mai t'ai douna tei siei sòu e demi.

JORDAN.

Mi leis avies proumes, souvèn t'en, moun ami,
Ti l'ai vendu sèt sòu, rapèlo-ti la cavo.

ROUSTIDO.

Mai dies pas tout, Jordan, une vitro mancavo.

JORDAN.

Mai t'ai leva doui liard.

ROUSTIDO.

Resto siei e demi
Que t'ai douna, Jordan.

JORDAN.

Ben, alor digo-mi
Quouro mi ves douna, fai-mi veire la provo.

ROUSTIDO (*lui montrant la lanterne*).

La provo la vaqui, es uno vitro novo
Qu'ai fa metre avans ier au bout dóu carreiròu ;
Crès-ti que voudriéu pas ti faire tort d'un sòu.

JORDAN.

Voues pas mi faire tort e pa mens afourtisses
De m'agué remboursa lei sòu que mi ravisses.
Mi va pensavi ben qu'un jour si fachariam :
En qu'endré m'as paga ?

ROUSTIDO.

Ti dire mount'eriam,
Mi nen souvèni pas.

JORDAN.

Digo pulèu, Roustido,
Que va voues renega. Jamai plus de ma vido
Fau d'afaire'me tu ; vengues plus mi prega

Pusque l'a tant de peno à si faire paga,
Vo ben un autre còu t'aquitaras d'avanço.

ROUSTIDO.

Tè, vaqui toun argèn, douno-mi la quitanço.

JORDAN.

Noun, voueli de temouin, n'en prendrai dous vo tres,
Ansin mi diras plus que m'as paga doues fes.

ROUSTIDO.

Sara coumo voudras, va diéu senso rancuno;
Soulamen sies urous dedins toun infourtuno,
En toumban coumo as fa, d'aguè pas mai de mau:
Se camines d'aploum es tout ce que nous fau.
— A prèpau, digo-mi, qu'as fa de Margarido,
L'as pas di de veni?

JORDAN.

Que ti dirai, Roustido,
Rounflavo coumo un buou quand m'as destraçouna,
Pourra pas veire alor se si siam en'ana.

ROUSTIDO.

Jordan, va dies de bouen vo ben perdes la testo?
Revilho ta mouiè, fai que siegue lèu lesto;
Lei fremo sabes ben que fau que vigon tout.
Ansin, vai la souena.

JORDAN.

Ben, siam pa'ncaro au bout.
La fumèlo, crès-ti, si douto de la cavo:

Quand lou gau dóu vesin ier au sero cantavo.
M'a pessuga lou bras en disèn : Jordanè,
Ausi lou tambourin dóu coumpaire Janè,
Viéu pouncheja lou jour au travès de la pouarto.
— Se tu vesies lou jour aquelo sariè fouarto,
Li marmoutiéu ben bas pèr pas la reviha,
Se mi laisses dourmi ti laissi pantaiha....
Sus acò, paure viei, Guerido s'es virado
Dóu cousta de la mastro, e piei s'es ajoucado,
Quand au bout d'un moumen mi sies vengu crida.

ROUSTIDO.

Vai souena Margarido e fai la decida.

JORDAN (*appelant*).

Margarido !....

MARGARIDO (*à la fenêtre*).

Que voues, mi vaqui, viei renaire.

ROUSTIDO (*à part*).

Es un pouli bouenjour.

JORDAN (*bas à Roustido*).

Avies ren autre à faire
Que de mi counsiha de la faire veni.

MARGARIDO.

Bouto, poues parla fouart ; ti devi preveni
Que sabi coumo tu tout ce qu'a di Roustido,
E vies, gros darnagas, que mi siéu lèu vestido.

JORDAN.

Enregam de boueno ouro, avem pa'nca fini.

ROUSTIDO (*à part*).

Es elei que si dien un parèu ben uni ?

MARGARIDO.

Ti proumeti Jordan, qu'auras de mei nouvello.

JORDAN.

Fremo, de bouen matin coumences tei querèlo.

ROUSTIDO (*bas à Jordan*).

Jordan, emmando-la.

JORDAN.

Fremo, escouto mi ben....

MARGARIDO.

Noun, iéu t'escouti pas.... — En cercan lou calèn
Ai manca milo còu de mi roumpre la testo,
Crèsi qu'aquesto nué voues juga de toun resto.
M'as roumpu la tarraio emo lou tiro-vin,
L'a que lei maufatan que fan de cavo'ansin;
Au mitan de l'oustau poudies mi faire estendre,
Mai si resounarem, bouto, vau lèu descendre.
(*Elle rentre et ferme la fenêtre*).

JORDAN.

Un bèu jour coumo vuei voueli pas mi lagna,
Senso acò, moun ami. m'auries vist reguigna.

ROUSTIDO.

S'aviam parti subran auriam fa longo routo
E t'auriéu fa tasta lou sirò de la bouto.

SCÈNE XX.

LEI MEME, MARGARIDO.

MARGARIDO (*à Roustido*).

Es tu, garobountems que cantes tant matin ?
Gagnaries fouesso mai de faire toun camin.
(*A Jordan*).
E tu, gros estournèu, poues pas lou faire courre ?
S'aviam afaire ensem li fretariéu lou mourre,
Agantariéu subran lou bout d'un gros traicò
E ti li rasclariéu lou dessus dóu gigò.

ROUSTIDO.

Caspi ! coumo l'anas, coumaire Margarido,
Atrobi, per ma fè, que vous sias desgourdido,
E pamens se sabias ço que ven d'arriba
Aurias plus, creséz-mi, l'envejo de pica.

MARGARIDO.

Ausissiéu de moun lié quand nous roumpies la pouarto ;
Pèr crida coumo as fa crèsies que foussi mouarto ?

ROUSTIDO (*à la vieille*).

Lou Messio es naisau, fau d'ana veità...

MARGARIDO.

Crèsi pas lei fanau que mi voues debita ;
Va sabes, gros palò, couneissi ta babiho,
A toutei tei prèpau farai la sourdo auriho.

JORDAN.

Margarido, crès-ti que di la verita;
Aperamoun au ciel leis angi v'an canta,
Vène dins Betelem per veire l'acouchado.

MARGARIDO.

De tout ço que mi dies mi vies fouesso estounado.
En vesen la clarta que luse au firmamen
Coumenci, moun ami, de creire quauquaren.

ROUSTIDO.

Coumaire, sus lou còu fau si metre en partenço,
Finquo dins Betelem farem rejouissenço
E coumo lei jouvèn direm nouestro cansoun.

JORDAN (*à Roustido*).

Uno fes, Diéu merci, l'ai fa'ntendre resoun.

ROUSTIDO.

Ti troumpes, car es iéu qu'ai pourta la nouvello.

MARGARIDO.

Es éu qu'es vengu dire une cavo tant bello.

JORDAN.

Parlaras mai deman, Margarido, fai lèu,
Vai-t'en barra la pouarto, es duberto.

MARGARIDO.

Moun bèu,
Barro la, tu, se voues.

JORDAN.

L'ausès mai la carrèlo,
Toutaro pèr un ren mi cerco mai querèlo;
Vai-t'en barra, ti diéu :

MARGARIDO.

Pau de sèn, barro tu.

JORDAN.

A iéu, dies pau de sen ? O fumelan testu !
Ti prouclami subran la reino dei saumeto.

ROUSTIDO.

Sabi que dins un tems un marchand de brouveto
Mi disié : moun enfant, clavo ben se t'en vas,
Durbiras fouesso mies quand ti retournaras.

JORDAN.

Guerido, m'as ausi ? Vai tanca, vieio branco !

MARGARIDO.

Ti va diéu mai, Jordan, voues pas tanca, destanco ;
S'es pas tu que li vas, segu sara pas iéu.

JORDAN.

Alor fau que pèr tu l'oustau reste badiéu ?

ROUSTIDO (*se reculant*).

Toutaro l'a d'espous, n'en voueli ges recebre.

JORDAN (*à Margarido*).

Li vau pèr fa la pas, entèndes, pico-pebre,
Mi regardaras plus de toun er maugraciéu.
(*il va fermer la porte*).
Vaqui. (*à Roustido*). Dejunarem encò de moun bèufiéu,
Sabes que Benvengu aimo à faire riboto,
Nous anara cerca quauquaren de sa croto
Que mi fara plesi e sara de toun goust.

ROUSTIDO.

Aquéu tiro de tu pèr esquicha lou moust.

MARGARIDO.

D'aqui prendrem moun ai pèr coumpli la partido;
D'un tau bouenur, Jordan, siéu touto rejouido;
As ben sarra l'oustau, laissam dourmi Tounin,
Senso mai retarda fau si metre en camin.

Couplet. — Ensemble.

Au fiéu de Diéu que nous es na
Presentarem nouestreis òumagi,
Davans lou fiéu de Diéu qu'es na
Sarem toutaro prousterna.

MARGARIDO.

Oufrirem nouestrei couar pèr gagi.

ROUSTIDO (*à la vieille*).

Eme la dindo de Jordan.

JORDAN.

Pourtem de vin eme de pan.

MARGARIDO (*à Roustido*).

E tu dous vo tres bouen froumagi.

Reprise. — Ensemble.

Au liéu de Diéu que nous es na, etc.

(*Sortie. La toile tombe*).

FIN DU PREMIER ACTE.

ACTE DEUXIÈME

La Ferme.

Le Théâtre représente l'intérieur d'une ferme. Armoire, table et bancs à droite. Porte latérale à gauche. Grand portail ouvert au fond et laissant voir la campagne. Des instruments aratoires garnissent l'intérieur. — Au deuxième plan, à gauche, la cabane d'un chien ; à droite, un puits avec margelle, poteaux, poulie, corde et seau.

SCÈNE PREMIÈRE.

PISTACHIÉ (*arrivant épouvanté*).

Laissas-mi, laissas-mi, fagués pas tant de bru...
Au secour, au secour.... d'ajudo.... siéu perdu....
Ah ! moun Diéu, lei vaqui, semblo que viéu lou diable
Eme sei det fourcu que m'espeio lou rable,
Au mitan dóu sabat m'aurien-ti descendu ?
Tremoueli talamen que siéu tout mourfoundu.
Ah !... m'a sembla d'ausi quauq'un que boulegavo :
Sencò lou mestre ven m'esplicara la cavo

Que fa qu'au mendre bru sauti coumo un uiau....
Escoundem-si d'abord.
(*Il cherche où se cacher et s'arrête devant la cabane du chien*).
Proufitem d'aquéu trau.
Alin, senso dangié pourrai fa la radasso;
Quand lou chin revendra li dounarai sa plaço,
(*Il entre et se blottit*).

SCÈNE II.

BENVENGU.

(*La scène reste vide pendant que Benvengu chante son premier couplet, après lequel il monte de la cave, un peu gris et tenant des bouteilles dans ses mains*).

1er *Couplet* (*dans la cave*).

Mi tènes tròu quand meti man,
O ma pichoto bouto!
Vendrai ti reveire deman
Pèr ti metre en derouto.
Adiéu, bouen vin.... plus qu'une gouto.

2me *Couplet* (*sur la scène*).

Lou vin es moun soulet amour,
Mi tèn lué d'amuseto;
Voueli de ma croto, un bèu jour,
Nen faire uno chambreto.
Vivo lou vin.... que fa bouqueto.
(*Il dépose les bouteilles sur la table*).

Eh, eh, eh! siam pas mau, vaqui pèr lei buvaire,

Parei qu'aquesto nué mancara pas veiaire.
Car despiei ier au sero entendi fouesso bru
D'eilà vers Nazareth. Crèsi que la tribu
Pèr faire chamatan tout entiero davalo;
N'aura ben quauqueis un que prendran la cigalo...
L'a de particulié que soun pas dalicà
Pèr tira dóu barriéu, piei quand soun empegà
Si meton à charra coumo de basaruto,
Nen sabi quauquaren, gardarai lengo muto....
Ai fa la crous au vin quand mi siéu marida.
Mai la pauro mouiè, pecaire, a deceda,
E despiei ai repres moun enciano coustumo ...
Ah! trobi que lou vin counsouelo d'uno frumo,
Car la miéuno pèrfés mi fasié pegina;
Li vouliéu fouesso ben et sabiéu perdouna;
M'èri fa un devé de viéure que per elo,
Tant se v'aviéu pouscu l'auriéu baia l'estèlo
Que mando ei pastourèu sei fué lei plus ardèn,
L'auriéu meme pourju la luno eme leis dèn;
Mi coumpourtavi ben, mai s'avié fougu faire
Ço que tant d'autre fan, l'auriéu messo de caire.
E mi seriéu garda de troubla soun repau:
M'èri pas marida pèr resta dins l'oustau.
Mai Pistachié vèn pas, siéu pas senso enquietudo,
S'es bessai douna pòu segoun soun abitudo.
E pamens l'ai manda qu'au vilagi vesin;
Es un bouen pitouetas que fara soun camin;
Sara miés que Jigè, mai fau pas que languissi,
L'ai pres pèr moun varlet fau que lou desgourdissi.
Travaiarié pas mau s'èro pas tant pòurous:
Aquelo sujicien lou rendra malurous.
Crèsi que lou veici.

SCÈNE III.

BENVENGU, JIGÈ, piei PIMPARA.

JIGÈ.

Ben lou bouenjour.

BENVENGU.

Roudaire,
M'as adu Pistachié? (*apercevant Pimpara*). Tevejo, es
l'amoulaire!

PIMPARA.

M'esperaves, parai? acò n'èri segu,
Seriéu pa'ncaro eici s'aguessi mai begu.

BENVENGU.

Avans lou jour leva voudries prendre ta nasco?

PIMPARA.

Despiei tres gros quart d'ouro ai plus ren dins moun flasco.
Anem, tardes pas mai, pourge-mi lou pechié.

BENVENGU.

Un moumen. . . , digo-mi s'as pas vist Pistachié?

JIGÈ.

Eh! se l'aviam pas vist coumo va pourriam dire.

PIMPARA.

L'ai vist et l'ai parla, mai ti vau faire rire

Quand ti dirai, l'ami, qu'un parèu de fenian
L'an empourta tout crus au païs dei bòumian.

BENVENGU.

Hoi! que mi dies aqui?.... que fanau mi debites.
Ti tratarai segu coumo ti va merites
Se mi vènes faci. Digo la verita:
Ount'èro Pistachié? ounte l'avès quita?

JIGÈ.

Sabès ben.... lou moulin... quiha dessus la couelo...
Entre dous camin?

BENVENGU.

O. (*A part*). Soun parla mi desouelo.

JIGÈ.

Eh ben, èro pa'qui.

BENVENGU (*désapointé*).

La pesto, l'estournèu!
(*A Pimpara*). Esplico-mi la cavo e despacho ti lèu.

PIMPARA (*lentement*).

Sabes ben. cambarado, ount'ai croumpa la mouelo
Que m'an vendu tant chier?....

BENVENGU (*à part*).

Tout lou cors mi tremouelo.
(*Haut*). O, va vesi d'eici.

PIMPARA (*avec humeur*).

Se va veses d'eici
Va foulié pu lèu dire. Eh ben, ero pa'qui....

BENVENGU (*le prenant à la gorge*).

Va diras, vo si noun garo à la gargamèlo.

PIMPARA (*se défendant*).

Quiches pas coum'acò dessus la cantarèlo.

BENVENGU.

Digo-mi sus lou còu tout ço qu'es arriba.
Vo ben quichi pu fouart.

PIMPARA.

Ai lei mirau creba,
Pourrai pas countunia senso béure la gouto :
Anem, vengue de vin e mi vau metre souto.

BENVENGU.

Sabes qu'es pas besoun de mi va demanda,
Pas pu lèu qu'as fini ti vau faire estrassa.

JIGÈ.

L'a quaucaren de bouen à delà dins l'armàri.

BENVENGU (*à Pimpara*).

N'auras t'a boueno part, piei coumo à l'ourdinàri
Ti v'assesounarai d'un pau de requiqui ;
Li poues counta dessus, anem, decido-ti.

PIMPARA (*après une pause et un soupir*).

Eriam, coumo disiéu, dóu caire de la couelo ;
Trouberiam toun varlet, aquelo testo fouelo,
(*Pistachié sort la tête*).
Que si degatinavo em'un famous sorcié.

JIGÈ.

Noun, disié lou bòumian; voui, disié Pistachié.

PIMPARA.

Parlavon eme fué de la grando nouvello
Que fa fugi lou diable e touto sa sequèlo.
— Iéu disiéu quasi ren, aviéu plus ges de vin. —
Degun èro d'acord.

PISTACHIÉ (*criant puis rentrant*).

Es pa'nsin, es pa'nsin. (*Étonnement et frayeur*).

JIGÈ (*se pressant contre Benvengu*).

Qu crido coum'acò ?

BENVENGU.

Qu'es tout aquéu mistèri ?
Jigè, t'esfraies pas.

PIMPARA.

L'aurié-ti quauqu'arlèri
Que voudrié s'avisa d'escouta ço que diam ?

BENVENGU.

Ti poues creire qu'eici n'avem ges des bòumian.
Pèr couneisse lou bru qu'a troubla nouestro ausido,
Anam faire toui tres lou tour de la bastido
E saurem ço que n'es senso desempara.

PIMPARA.

Se beviam un chiqué pèr nous rassegura ?

BENVENGU.

N'es pa'ncaro lou tems, finissem questo afaire,
Sieis uei fan mai que dous. Jigè, resto à moun caire.
(*Ils cherchent dans tous les coins*).

PIMPARA (*se retournant sans cesse vers la table*).

Voueli teni damen se prènon pas lou vin.

BENVENGU.

Viguem, pèr nen fini, la cabano dóu chin.
(*Pimpara se penche vers l'ouverture de la cabane, en même temps Pistachié se lève et lance un coup de tête dans le visage de Pimpara qui recule brusquement en portant la main à son nez*),

---

SCÈNE IV.

LEI MEME, PISTACHIÉ.

PISTACHIÉ.

Es pa'nsin, l'amoulè, li vas pas sachu dire.

PIMPARA (*à part*).

Oh! bouen Diéu, de moun nas, mi va pas fa pèr rire.

JIGÈ.

Es tu, gros darnagas, que t'ères escoundu?

BENVENGU.

Perque sies pas sourti quand nous as entendu?

PISTACHIÉ.

(Il regarde de tout côté, puis il met le doigt sur sa bouche mystérieusement et impose le silence).

Chut!!!... parlem pas tant fouart que pourrien nous
entendre.
Que de cavo, grand Diéu! que voudriéu vous aprendre:
Ren que de li sounja d'avanço fremirias.

BENVENGU.

A la fin saurai tout.

PIMPARA *(à part).*

Nen sarai pèr moun nas.

PISTACHIÉ.

Esto nué, sus lou tard, couren à touto brido,
Pèr vous rendre resoun veniéu vers la bastido.
De diable banaru, negre coumo lou fum,
Dansavon au mitan d'un linde calabrun.
En jugan e sautan coumo uno bando fouelo.
Sabès lou pichot bau qu'es au bout de la couelo.
A drecho dóu moulin, dóu caire dóu trelus?
Es aqui que la nué, au prefouns d'un gros us,
Si ves de cachofué qu'an pas boueno sentido,
Aqui si fa de bru qu'en vous creban l'ausido
Siblon coumo lou vent un jour de brefounie;
Aqui souventeifes l'a de ceremounie
Ounte lou sang dei gen si mesclo eme la ciero.
(D'une voix sombre).
Es alin qu'an rousti l'enfant de la mòuniero,
Car desempiei longtems l'an plus vist au moulin....
(Ils se serrent l'un contre l'autre en signe d'effroi).

Rescountravi degun lou long de moun camin :
Tout courajous que siéu mi sentiéu batre l'amo,
Quand vesi'no clarta pu blèmo que la flamo
Que s'aprocho vers iéu, piei un esperitoun
Mi fa signe dóu det ; èri pas tant taroun
De li coure au davans... mai dins un niéu de soufre
Siéu vite agouloupa... e toumbi dins lou goufre.

PIMPARA.

Lei bòumian t'an pourta.

JIGÉ.

V'ai vist.

PISTACHIÉ.

Disi pas noun.
Tout ço que mi souvèn es qu'èroun un mouloun,
Aurias di que lou diable anavo fa sei noueço.

BENVENGU.

Quand èron, a pau près ?

PISTACHIÉ.

Iéu sabi qu'eron fouesso.

BENVENGU.

Mai quand ? Dous ? Cinq ? Sèt ?

PISTACHIÉ.

Voui, dous cent sèt, belèu mai.

BENVENGU.

S'èro pas que v'as vist diriéu qu'es pas verai.

PISTACHIÉ.

Disi la verita, mestre, poudès va creire,
Se piei va cresias pas, va pourrias ana veire.
Mai vous li meni pas, nen sabès lou camin.
Nen sarias encanta, li veirias vouestre chin.

JIGÈ.

Lou chin es eissavau ?

BENVENGU.

Lou fet es pas crouiable ;
Es tu, marri fena, que l'as carreja'au diable.

PISTACHIÉ.

Tirès pas peno d'éu, boutas, li fa pas frê ;
A l'entour d'un grand fuè, dins un cantoun estrê,
Ai vist lei cousinié de tout aquestei glàri,
Qu'à l'aste d'uno brocho enfielavon de garri
Gros coumo nouestre cat....

PIMPARA,

Es un paure fricot.

PISTACHIÉ·

Nai tasta quauqueis un quand èri tout pichot.

JIGÈ

Iéu tamben. Pèr mi faire aima la fricassado.
Mi disien coum'acò qu'èro une carbounado.

PIMPARA.

Parei que toutei dous erias fèble de ren.

BENVENGU.

Laisso-lou lèu fini.

PIMPARA (*à part*).

Qu saup quourc béurem.

BENVENGU.

Coumo as pouscu resta dins aquelo demouero
Senso mouri de pòu ? Vau miés coucha defouero
Que d'estre aqui dedins.

PISTACHIÉ.

Pouedi vous afourti
Que tout autre que iéu nen sariè pas sourti ;
Ai passa bravamen mai d'un pas esfraiable,
Mai mi nen siéu tira coumo s'en tiro un diable,
Ai fa ço qu'an vougu, ai di voui de pertout,
E tau que mi sabès n'ai pas men vist lou bout.

BENVENGU.

Moun paure Pistachié, toun aventuro es soumbro.

PISTACHIÉ.

Vous ai pa'ncaro di ço qu'ai fa de moun oumbro ?

BENVENGU.

Que nen voues agué fa.

PISTACHIÉ.

L'ai vendudo au bòumian.

BENVENGU (*à part*).

O lou paure mesquin ! a vira lou cadran.

(*Haut*). Ti demandarai pas se ti l'an ben pagado,
Nen siéu mai que segu.

PISTACHIÉ.

La mounedo es countado,
E meme vous dirai que lou basse èro plen :
Digo-va l'amoulè, tu que tènes l'argen?

PIMPARA (*tâtant ses poches*).

Es verai, lou teniéu, mai pouedi pas coumprendre
Coumo va que l'ai plus. Avans de ti lou rendre,
Veirai d'ana cerca de vounte siéu vengu
Se l'auriéu pas toumba.

PISTACHIÉ.

Digo que l'as begu.

JIGÈ.

Nani, l'a pas begu.

PIMPARA (*à part*).

V'auriéu ben vougu faire.

BENVENGU.

Veici quauq'un, pu tard reglarès vouestro afaire.

SCÈNE V.

LEI MEME, BARNABÉU mòunié.

BARNABÉU.

Se sabies, Benvengu, ço qu'ai vist en camin,

Se nes gaire *fougu* qu'aduguessı toun chin,
Eron dous, per alin, que si lou tiraiavon
E s'es vist lou moumen que si lou partejavon.

BENVENGU.

Si parteja moun chin? O lou paure animau!
Digo lèu, Barnabèu, l'an-ti fouesso fa mau?

BARNABÈU.

Un bòumian sus lou còu passo dessus la routo
E si mete au mitan.

PISTACHIÉ.

Un bòumian!....

BENVENGU.

Chut, escouto

BARNABÈU.

Dis que pusque toui dous an dré sur l'animau,
Fau nen faire doues part. Aganto un gibo-trau
E lou fa vira'n l'er; jamai degun l'arribo,
An bel a crida *trau*, l'ouesse respounde *gibo*.
Lou sort tant capriciou voulié pas decida
Pèr saupre qu naurié la pu bello mita.
Eron jamai d'accord. degun voulié la testo,
S'anavon bassela, lou bòumian leis arresto,
E coumo pas fada li proupouso un mouien
Que mete fin à tout.

PIMPARA (*à Benvengu*).

Fai-li ben atencien.

BARNABÈU.

Li di de rabaia quauquei troué de buscaio
Pèr tira lou moucèu coumo à la courto-paio
Dins aquéu tems s'enva querre soun gros coutèu
E tirasso lou chin.

JIGÈ.

Qu'es que di ?

BENVENGU (*à part*).

O bourrèu !

BARNABÈU.

Lei voulur laisson faire en countan que toutaro
Lou bòumian revendra..... Mai l'esperon encaro.

PIMPARA.

Segoun touto aparenço esperaran longtems,
Car de gen coumo acò gardon ço que li vèn.

JIGÈ.

Lei voulur soun voula.

PISTACHIÉ (*à part*).

Pistachié s'en espausso.

BENVENGU (*à Pistachié*).

Acò s'aprèn à tu, moun chin pago la sauço.

PIMPARA.

Aro que sabes tout, coumando à tei varlet
D'adurre la fricasso eme de goubelet.

L'a ren coumo lou vin per douna de couragi
E si faire un renoum dins tout lou vesinagi.

BENVENGU.

Entendes, Pistachié, foudra si despacha
De sourti pèr aqui ço que l'a pèr manja.
(*Pistachié et Jigè préparent la table*).

SCÈNE VI.

LEI MEME, JORDAN, MARGARIDO, ROUSTIDO.

(*Les trois vieux arrivent en chantant*).

Ensemble.

Avem besoun de si pauva
Pèr reprendre forço et couragi,
Avem besoun de si pauva
Se voulem mai s'encamina.

MARGARIDO (*parlé*).

Siam eici, Benvengu, countaves pas sur nautre,
Mai ti deranjam pas pusque viam que n'a d'autre.

JORDAN.

Avans de countunia si pauvarem un pau.
(*On se serre la main*).

BENVENGU.

Avès agu sentido, arribas à prepau,

Bouen jour vous sié douna, e vous, mestre Roustido.
Avès toujour que mai la facho rejouido.

ROUSTIDO.

Galeges, Benvengu.

BENVENGU.

Manjarès un mouceù
E vous refrescarès eme de vin nouvèu.

MARGARIDO.

Dóu tems que sias eici m'envau de l'autre caire,
Charras tant que voudrès, per iéu vous laissi faire,
Jordan, reviho-mi se perfes m'endourmiéu.

BENVENGU.

Vous óublidarem pas.

MARGARIDO.

Counti sus tu, bèu fiéu.
(*Elle sort par la petite porte latérale.*)

SCÈNE VII.

LEI MEME, manco MARGARIDO.

BARNABÈU.

M'esperon au moulin, vau faire moun afaire.

JORDAN.

Tastaras pas lou vin?

BENVENGU (*retenant le meunier*).

Ti retèni, coumpaire.
T'enanaras pu tard, vai, ti presses pas tant,
Mi diras toun avis sur lou vin d'aquest an.

PIMPARA.

Lou miéu si farié bouen, mai viéu que demenisse.

BARNABÈU.

Perque nen beves tant.

PIMPARA.

Pèr pas que si mousisse.

(*Pistachié trébuche et répand sur le sol le contenu d'une casserole qu'il portait à la table, ce qui excite l'hilarité des autres*),

ROUSTIDO.

O lou gros maladré!

JIGÈ.

Q'us que s'es escampa?

BENVENGU.

Sies gauche, Pistachié.

PISTACHIÈ.

Siéu gauche? vesès pas
Qu'eme ce que l'a'u sòu l'a pas mouien de courre:
Aquelei buscaioun m'an fa toumba de mourre.

JIGÈ.

Va li fau perdouna car nen sarié malau.

BENVENGU.

S'agis, per lou moumen, de rempli lou fanau :
A taulo, meis ami, venès prendre couragi.
(*Ils s'asseyent à table, excepté Pistachié et Jigè qui restent debout*).
Foudrié pas si geina, prenès vous de froumagi,
L'a de cebo, d'aiet, de buerri, de broussin,
Es un manja requis que fa trouba bouen vin.

JORDAN.

Quand s'atrobo dóu bouen.

PIMPARA.

Benvengu n'a pas d'autre.
Sabem ço que nen es, car si l'entendem, nautre ;
Après leis amoulè degun li pòu veni ;
Davans qu que sara va voueli manteni.

BARNABÈU.

Si di despiei longtems : voulès un bouen buvaire,
Vous tarounarès pas, prenès un amoulaire.

PISTACHIÉ.

Fau ben qu'un amoulaire ague quauque talèn :
Pèr faire coum'acò trobi ren de savèn ;
(*Il prend son couteau et imite avec sa bouche le bruit de la meule*).
Apielo lou coutèu, lou ped viro la rodo,
Piei quand es amoula, lou séco sus la blodo.

BENVENGU.

M'esfraio quand li vesi 'n coutèu dins la man :
Douno-lou, Pistachié, que si coupem de pan.
(*Pistachié hésite*).

JIGÈ.

Ti despaches pas tròu quand lou mestre reclamo.

PISTACHIÉ (*donnant le couteau*).

Mi lou gastessias pas, es uno fino lamo.

BENVENGU (*ne pouvant couper le pain*).

Siegue fino vo noun n'en pouedi ren coupa :
Assajo, Pimpara? (*il le passe à Pimpara qui l'examine*).

PIMPARA.

Es bouen que pèr raspa.

PISTACHIÉ.

Ansin mi fau pas mau, l'amoulè.

JORDAN.

Que sies bousso.

ROUSTIDO.

T'en servisses, parei, que pèr coupa de brousso.

PIMPARA.

Iéu ti l'amoularai d'uno talo façoun
Que nen pourras coupa de trancho de queiroun.
(*Il met le couteau dans sa poche et se verse à boire*).

BENVENGU (*à Pimpara*).

Es pèr temperamen que ti sies fa buvaire?

PIMPARA.

Es pèr pas mourbilé quand sabi pas que faire ;

Se, pèr moun grand malur, bevi pas d'un moumen,
Moueri de la pepido eme dóu languimen.

BARNABÈU.

Se voues pas ti langui fau si metre en meinagi,
Pèr un ome soulet l'a ges d'autre avantagi.

JORDAN.

Fai coumo iéu, mòunié.

ROUSTIDO.

Aquit un bouen counsèu.

PIMPARA.

Pèrque doun, mi prenès? Siéu pa'nca rababèu
Pèr faire senso argen ço que l'on mi counsiho.

JORDAN.

Tu que matin e sero espouses la boutiho,
As pa besoun d'acò.

PISTACHIÉ.

Aganto, l'amoulè!

PIMPARA (*à Jordan*).

La vouestro es un perus que fa lou pecoulé.

(*Hilarité*).

JORDAN.

L'aviéu moun interès quand ai pres Margarido:
Bouto, siéu pas fada, sabi qu'es pas poulido:
Es un bouenur pèr ièu qu'ague plus ges de dèn,
Senso acò pesariéu trento liéuro de mèn.

PIMPARA (*désignant une bouteille*).

Viguem d'entamena la pichoto negreto,
Nous l'an pas messo aqui pèr nous faire ligueto ?

PISTACHIÉ.

Mestre, se cantavias un bout de quauquaren,
Lou pu pichot coublet nous regalarié ben.

ROUSTIDO.

Toun varlet a resoun, aprouvi sa pensado.

JORDAN.

Vautre carculas pas que Guerido es couchado.

BENVENGU.

E que se m'entendié l'aurié de grame à tria.

BARNABÈU.

Roupiho vo bessai s'amuso à pantaia ;
L'amoulè, canto, tu qu'as pas pòu de la vieiho.

PIMPARA.

Cantarai se va fau, mai garo à la bouteiho.
(*Il se lève, emplit son verre et le tient à la main*).

Couplets.

Siéu penetra de ta vertu.
Gènto liquour, vin de moun amo,
Moun couar souspiro qu'après tu,
En ti vesèn moun ui s'aflamo.
Touto la vido t'aimarai,
Sies lou bouenur, tout va prouclamo.

Countent sarai, countent sarai,
Toujour iéu t'aimarai :
Sarai urous tant que béurai.

Ensemble.

Sarai urous tant que béurai. (*bis*)

BARNABÈU.

L'aigo fa creisse lou moulin
Eme tout ço que l'aigo arroso,
Lou farinaire aimo lou vin,
Coumo l'abiho aimo la roso.
Tout bouen mòunié pèr faire ansin
Déu pas nen demeni la doso.
Faguem ansin, faguem ansin.
Arrousem-si de vin :
Gardarem l'aigo e noun lou vin.

Ensemble

Gardarem l'aigo e noun lou vin. (*bis*

BENVENGU.

Eme la boutiho à la man,
Ami, vous fau ma reverenci,
Cantem, beguem finqu'à deman,
Eici l'a ges de penitenci.
Avans d'ana pèr eissamoun,
Faguem provo d'òubeissenci.
A plen canoun, à plen canoun,
Que nague jamai proun,
Pèr manteni nouestre renoun.

Ensemble.

Pèr manteni nouestre renoum. (*bis*).
(*Ils terminent en frappant sur la table et cassant verres et bouteilles*).

BENVENGU (*ivre et chancelant*).

S'acò duro enca'n pau metem tout de l'envès.

PIMPARA.

Poues ti félicita d'agué pas mai de frès.

BENVENGU.

Se parles mai d'acò ti lèvi la paraulo.

JORDAN.

Pistachié, moun ami, netejo lèu la taulo
Avans que Margarido ague vist ce que fem :
Que se nous susprenié s'avisesse de ren.

BENVENGU.

Jigè, n'en digues ren, toun mestre va coumando...
Tout viro à moun entour, lei moble fan lou brando...
Leis ami, leis varlet danson senso viouloun :
Poudès sauta pu fouart, roumprès pas lei maloun,
La muraio es espesso e la croto es soulido.
Embrassas-mi, Jordan, e vous tamben, Roustido,
(*ils s'embrassent*).
Creeès-mi, quand siam viei lou bèure nous soustèn.
Bevem tant que poudem, e que dure longtems.

ROUSTIDO (*à part*).

Es un pau tròu countent, toutaro l'a de lagno.

JIGÈ.

Mestre, anas prendre l'er.

SCÈNE VIII.

LEI MEME, MARGARIDO.

MARGARIDO.

Qu'es aquesto magagno!
Qu's que crido tant fouart, qu fa tant d'embarras?
Anès pas vous escoundre, ô bando d'ibrougnas!
(*à Jordan*).
E tu, marri gouvèr, sà de vin, as pas crento
De viéure coum'acò?

JORDAN.

Siegues pas maucountento.
— Vène eici, Benvengu, que voueli ti parla:
T'avem pa'ncaro di ce que vèn d'arriba:
Lou Messio es naissu.

BENVENGU.

Crèsi que voulès rire.

ROUSTIDO.

Leis angeloun dóu Ciel va soun vengu predire,
An canta lou nouvé dins leis er tout en fué
Pèr reviha lei pastre'au mitan de la nué.

BENVENGU.

E vautre va cresès? Vous tamben, Margarido?

MARGARIDO.

L'a ren de pu verai.

JORDAN.

Taiso-ti, pas poulido.

MARGARIDO (*avec humeur*).

Eh ben!

BENVENGU.

De tau discour mi dounon lou mourbin;
M'envau d'aqueste pas atrouba lou rabin
Pèr faire leva lengo en aquelei charraire
Que farien fousso mies de souina seis afaire,
Pulèu que si mescla de ço que sabon pas.

BARNABÈU.

Se lou fet es verai saras ben atrapa.

SCÈNE IX.

LEI MEME, L'ANGI GABRIÉU.

(*Il apparait au milieu d'un nuage, à l'extérieur de la ferme*).

Couplet.

Ausès la mereviho :
A nué, dins Betelem,

Es naissu lou Messio,
Lou mestre de tout ben.
Dins un marrit estable
    L'atroubarès
E, ben que miserable,
    L'adourarès.
        (*Il disparaît avec le nuage*).

SCÈNE X.

LEI MEME, MANCO L'ANGI.

BARNABÈU (*à Benvengu*).

Que dies de tout acò?

MARGARIDO.

Bouen Jordan, siéu mourento,
Toutaro mi prèn mau, siéu touto susarento.
Anem lèu v'ounte a di lou bel angi de Diéu,
Lou Mesio es naissu, va poues creire, bèu fiéu.
Aro diras plus noun.

BENVENGU.

Es pas lou tout de creire.
Perque fugue verai, es besoun de va veire.
Anem, preparem-si.

PIMPARA.

V'ai di e va farai,
Fugue verai vo noum, se bevi va creirai.

MARGARIDO.

Fau faire un gros paquet de fouesso bouenei cavo:
De cese, de faiòu, de pese'me de favo,
E piei de froumajoun, nen ai que soun ben fres.
Prèn l'ase, Pistachié, que sarem pu lèu lès,
E dins un vira d'ui mèno-mi la mounturo.
(Pistachié sort).
Veirai lou bèu pichot, aro nen siéu seguro,
Languissi d'arriba davans lou fiéu de Diéu.

BENVENGU.

Anem, pusque va fau.

PIMPARA.

Ai proumes que creiriéu
Se troubavi de que, t'en douni ma paraulo,
Benvengu, va veiras quand si metrem à taulo.

JIGÈ.

Eme ço que n'a pres aujo encaro parla.

MARGARIDO.

Ti va counsibariéu de veni t'entaula,
Mi semblo que n'a proun.

PIMPARA.

Vous faguès pas de bilo,
Manjarem que dóu miéu, poudès estre tranquilo,
E va farem pas long; siam prochi moun oustau;
Toutaro, meis ami, dounarai lou signau,
Voueli vous fa tasta lou vin de ma bastido.

MARGARIDO.

Iéu tamben l'anarai.

JORDAN.

Resto aqui, Margarido,
Sarem lèu de retour.

MARGARIDO.

Ti diéu que se li vas
L'anaras eme iéu. prèn va coumo voudras,
Mi rapèli tròu ben de ço que sabes faire,
Davans que fugue jour caminaries de caire ;
Ansin es counvengu, li vas pas senso iéu.

JORDAN (*à Benvengu*).

De s'en desbarrassa l'a pas mouien, bèu fiéu ;
T'en fourmalises pas, couneisses la fumèlo.
Voueli pas m'entesta pèr uno bagatèlo.
(*Pistachié amène l'âne*).

PIMPARA.

Pèr restabli la pas venès à moun oustau.

MARGARIDO.

Laisso-mi veire l'ai s'a tout ce que li fau : (*avec affection*).
Bidé, paure bidé !

BENVENGU,

Vaqui ce que detesti.

JORDAN.

Margarido, n'a proun, fas esfraia la besti.

PISTACHIÉ.

Foudrié pas pèr un ase escourchi vouestrei jour,
Quand toutei crebarien s'en troubarié toujour.
Mai vous esfraiès pas, boutas, mouere pa'ncaro,
Si pouarto mies que vous.

MARGARIDO.

Veirem acò toutaro.
Escouto, Pistachié, t'en vau laissa lou souin,
M'as di qu'èro gaiard, tout lou mounde es temouin;
Eh ben, dóu tems qu'anam faire nouestro vesito
Encò de l'amoulè, lou gardaras eicito.
Li dounaras de fen d'aquéu qu'a tant bouen gous,
Après li tiraras d'aigo fresco dóu pous,
Beurà tant qu'aura sé, li lavaras lou mourre
E piei l'estacaras de pòu que vague courre;
Fai-li ben atencien, saras countent de iéu,

JORDAN.

Anem léu se voulem veire lou fiéu de Diéu.
(Sortie à gauche).

SCÈNE XI.

PISTACHIÉ eme l'ASE.

« Saras countent de iéu ».... Aquelo li sau estre;
Diriem qu'a mai d'amour pèr l'ai que pèr lou mestre.
Estaquem-lou d'abor avans de prepara
« Lou fen qu'a tant bouen gous », l'aigo pèr l'abéura.
Pèr nautre nes egau se fem marrido vido,

Laissem lei bouenei cavo'à l'ai de Margarido :
Espero que li vau..... va menarai darrè
E piei vous plagnirès, ausès, meste bidô?
(Il attache l'âne à l'un des poteaux du puits et se dispose à puiser de l'eau. Pendant cette opération, l'air de la Marche des Rois *résonne au loin ; le cortége des Mages se voit dans le fond ; Pistachié, tremblant et interdit aperçoit le roi maure et sa suite).*
Aquelei maufatan à facho mascarado,
Vènon, pèr tout segu, desavia la countrado.
(La corde du puits s'est embrouillée, et, pour l'arranger, Pistachié monte sur la margelle).
Voudriéu de vacha la carèlo dóu pous
Em' acò pouedi pas *(il tombe dans le puits)*. Aie, aie, aie, au secous.

SCÈNE XII.

BARNABÉU piei toutei LEIS AUTRE.

BARNABÉU.

Quauqu'un s'es debaussa d'eissamoun de la couelo,
Es un pàntou, segu, vo l'ai que si regouelo.
E pamens vesi ren.

BENVENGU.

Es bessai Pistachié
Qu'a mai pòu dei bòumian vo de quauque sorcié.

BARNABÈU.

Fau souene de renfort : Jordan, mestre Roustido,
Pimpara, Benvengu, Jigè, ho ! Margarido.

BENVENGU.

S'es mes fué pèr eici ?

JORDAN.

Qu's que crido tant fouart ?

ROUSTIDO.

Quauq'un s'es-ti fa mau ?

MARGARIDO.

Moun ai sarié-ti mouart ?

BARNABÈU.

Troubam plus Pistachié.

PISTACHIÉ (*se débattant dans le puits*).

Mi nègui.

JIGÈ (*écoutant*).

Chut !

BENVENGU.

'Tèvejo !
L'ausissi qu'estrapié dabas dins l'aigo frejo (*On regarde*).

PIMPARA.

A toumba dins lou pous.

BARNABÈU.

Uno couardo, un musclau,
Lou pescarem tout viéu.

MARGARIDO.

Fau pas li faire mau.

BENVENGU (*à Pistachie*).

Aganto lou liban, donno-ti de couragi.

ROUSTIDO.

Se si tiro d'aqui si souvendra dóu viagi.
(On tire Pistachié qui sort du puits en éclaboussant Margarido).

MARGARIDO (*se retirant vivement*).

La pesto l'estournèu! m'a nega moun tichu,
Si pòu ana leva lou viesti qu'a desu,
Eme lou fré que fa sièu touto entremounido
De lou veire bagna.

JORDAN.

Fau parti, Margarido,
Avans fai li chanja de blodo, de camié.

BENVENGU.

Lei braio soun aqui..... pendudo ei ped dóu lié.
(Jigé emmène Pistachié qui va changer de vêtement et revient avant la fin du chœur).

BARNABÈU.

Alerto, meis ami, prenès vouestrei bagagi,

Anem à Betelem pourta nouestreis óumagi.
Tardem plus d'ana veire aquéu divin enfant,
E remplissem leis er de nouestre pu bèu cant.

Chœur.

La nuechado es bello !
Cadun l'aimara ;
Fau segui l'estèlo
Que nous menara
Vers l'enfant aimable
Dóu ciel descendu.
Dins lou sant estable
Sarem lèu rendu.

(*Margarido monte sur l'âne dont les cabas sont garnis de provisions. Jigè et Pistachié sont aussi chargés de présents, ainsi que les autres personnages. — Sortie*).

FIN DU DEUXIÈME ACTE.

ACTE TROISIÈME

L'Étable de Bethléem.

ADORATION DES BERGERS.

Le Théâtre représente l'Étable de Bethléem. — Au fond, grande porte cintrée donnant sur la route. — Au deuxième plan, à gauche, une échelle conduisant au grenier. — A droite, petite porte latérale. — Au premier plan, à gauche, la crèche, l'âne, le bœuf, la Vierge-Marie, saint Joseph et l'Enfant-Jésus (1). — Au lever du rideau, on voit les Anges prosternés en adoration.

SCÈNE PREMIÈRE.

UNO TROUPO D'ANGI.

UN ANGI.

(Chanté).

Nouvè, Nouvè! pèr tu, bel astre :
Toujour teis angi t'aimaran.

(1) Pour la dignité du mystère, ce groupe doit être representé en effigie.

Pèr t'adoura veici lei pastre,
Que coumo nautre cantaram :
Gloria in excelsis Deo.

(Les Anges disparaissent.)

SCÈNE II.

LOU VARLET D'ESTABLE.

(Il paraît en haut de l'échelle, tenant une lanterne à la main).

Es di qu'aquesto nué pourrai pas repauva,
L'a toujour quauquarem que ven mi fa leva,
S'es ausi fouesso bru eiçavau dins l'estable ;
Descendre encaro un còu l'a pas ren d'agreable :
Tandaumens se va fau anem veire ço qu'es.

(Il descend de l'échelle et regarde au fond et à droite).

Vesi ren, l'a degun, per lou còu siéu suspres.

(Il se retourne et aperçoit la sainte Famille).

Te ! mai qu'es tout eiçò ? La poulido famiho !
O Diéu, lou bel enfant, es uno merevilho,
Es bèu coumo un soulèn !.. Mai, semblo aquelei gèn
Qu'aier au sero ai vist, eme lou marri tems,
Cercan de tout cousta quauq'un de caritable
Que voudrié lei louja... La fougu dins l'estable,
Maugrà lou fré que fa, entrepauva l'enfant ....
De veire tout acò mi deviro lou sang,
E moun treboulimen es pas senso mistèri :

(Levant les yeux au ciel).

Esclaras-mi, moun Diéu, car es en vous qu'esperi.

(Deux enfants heurtent violemment, en dehors, à la porte latérale)

LEIS ENFANT (*invisibles*).

Holà! durbès-nous lèu, venès despastela.

LOU VARLET D'ESTABLE.

Vau durbi su lou côu, pouedi pas recula,
Car picon de maniero à si faire coumpreudre,
E pusque soun pressa lei faguem plus atendre.
(*Il ouvre*).

SCÈNE III.

LOU VARLET D'ESTABLE. LEI PICHOT DOUMENICO E TOUNIN.

DOUMENICO.

Vous fau moun coumplimen, l'ami, sias degaja,
Digas-nous, lou Messio es eici qu'es louja?

TOUNIN.

Eh ben, iéu, moun ami, viéu dejà lou miracle...
Aro que nouestro joio atrobe plus d'oustacle,
Faguem retenti l'er dóu brut de nouestre cant,
En oufren nouestrei couar à'n'aquéu sant enfant.

Couplet. — ENSEMBLE. — (*à genoux.*)

Grand Diéu que sus la duro,
Sias vengu pauramen
Sauva la creaturo
De soun avuglamen.
Ah! dins vouestro soufranço,

Veihas sur nouestro enfanço;
Grandirem eme vous,
Signour, proutejas-nous. (*Ils se lèvent.*)

LOU VARLET D'ESTABLE.

Lou Ciel pèr vouestro vouas vèn d'esclara moun amo;
Siéu pressa, meis ami, lou travai mi reclamo.
Mai davans que parti, Tounin, digo m'un pau
Coumo va qu'as sachu que dedins nouestre oustau
Venié de si passa uno tant bello cavo?

TOUNIN.

Au mitan de la nué, coumo lou gau cantavo,
Entendiéu de moun lié lou soun dóu tambourin;
L'avié fouesso de bru dóu cousta dóu camin,
Quand Roustido es vengu faire leva grand-paire.
— Mi teniéu reviha, vouliéu saupre l'afaire. —
E l'a di : lou Messio es na dins Betelem,
Fai leva ta mouié que touis tres l'anarem;
Piei eme maire-grand an pres, se m'en rapèlo.
Dedins lou galinié la dindo la pu bello;
Coumo n'en doutariéu, l'ai ausido canta.
Alor pèr estre lest, mi siéu lèu despacha,
Ai sauta la muraio, e per mai d'assuranço
Siéu ana reviha moun coulègo d'enfanço,
E jusqu'eici toui dous avem ben courregu....
Lei pastre soun darrié, ben lèu saran vengu.

LOU VARLET D'ESTABLE.

Tounin, ti remerciéu, toun recit mi countento,
Fau beni lou Signour car plus ren nous tourmento.
(*Il remonte l'échelle et disparaît*)

SCÈNE IV.

TOUNIN, DOUMENICO, MICOURAU, MATIEU.

MICOURAU

Nous vaquit arriba, Matiéu, ti lagnes plus,
Anem si prousterna davans l'enfant Jésus ;
Adourarem toui dous aquéu divin Messio
E farem nouestrei doun à la viergi Mario.

Couplet à deux voix.

Enfant de la viergi Mario,
Dóu foun dóu couar vous adouram :
Lei proumié, ó divin Messio !
A vouestrei ped si prousternam.
Maugrà vouestro grando feblesso,
Sias naissu dins la paureta
Pèr nous aprendre la sagesso
E n'ensigna l'umilita.

(*Après avoir fait leur adoration, les bergers vont se ranger successivement et en ordre dans une posture modeste. Ils laissent libre le devant et le milieu de la scène. Cette règle doit être suivie jusqu'à la fin*).

SCÈNE V.

LEI MEME, FLOURET, ROUBIN, JAQUE, CHIQUÉ, MAISSEMIN, TISTÉ, GOUSTIN, BARNABÈU, BENVENGU, PISTACHIÉ, JIGÈ, PIMPARA, FOUESSO D'AUTRE DARRIÉ LOU TAMBOURINAIRE.

Le tambourin joue une aubade, puis il se retire dans un coin.

JAQUE (*s'adressant aux bergers*).

De pèrtout mi disien : sies fouele, v'ouute vas ?
Jaque, crèse-ti ben que vas perdre tei pas :
Li penses, gros palò, segu l'as demargado,
Pourras pas, moun ami, faire aquelo estirado,
Poues pas ti figura coumo es long lou camin
Que meno à Betelem.

BARNABÈU.

Avies pres toun saumin ?

JAQUE.

Nani, l'aviéu pas pres, aviéu ben autre afaire
Que d'ana m'empacha de l'ase de moun paire,
Vouliéu vite arriba per veire lou pichoun :
Ai travessa lou plan, la couelo, lou valoun.
Ai courru lei draiòu en sautan de tout caire
Coumo un desespera que saurie plus que faire ;
Mai mi siéu ren roumpu es tout ce que mi fau,
E pusque viéu l'enfant que ven garl tout mau,
M'entournarai countent dins moun paure vilagi
En repetan la cavo à tout lou vesinagi.

BARNABÈU (*offrant un petit sac de farine*).

Couplets

Ausiéu que leis angi cridavon
Coumo pourrieu pas v'esprima,
Nouestrei poulas voulastrejavon
E l'ai fasiè ren que brama.
Mi sieu vito frela la mino
Per agué l'er un pau pu fin,
Tic tac, tic tac, e la farino,
Tic tac, tic tac, resto au moulin.

A peno au ciel an fa la crido.
Que lou moulin s'es arresta,
Ai pres la flour la pu chóusido,
Ce que l'aviè vous ai pourta.
Jésus, e vous Maire divino.
Recebès moun paure butin :
Tic tac, tic tac, es la farino,
Tic tac, tic tac, de moun moulin.

PIMPARA (*à genoux*).

Couplet

En ausen la bello crido
Que leis angi nous an fa.
Avem quita la bastido
Pèr veni vous adoura.
Nouestrei vesin
Fasien de trin
A nous roumpre l'ausido :
Aro que n'avès racheta
Siam touca de vouestro bounta :

La paureta,
L'umilita,
A l'aveni nous charmara.

FLOURET.

Air.

O bourgado cherido.
Betelem, bèu païs!
Countrado benesido,
Chasque jour de ma vido
Saras moun paradis.

Divin séjour, pantai de moun enfanço.
A moun sadoul laisso-mi ti lausa,
Terro de fé, d'amour e d'esperanço,
Lou Diéu dóu ciel vèn ti favourisa.
Viéu coumença lei grand jour de ta glòri,
Urous temouin de tei fets esclatant,
Toun paure noum lusira dins l'istòri;
Ah! siéu galoi d'estre de teis enfant.

O bourgado cherido. etc.

(*Parlé*).

Eici viam s'acoumpli la sublimo nouvello
Que l'angi d'amound'aut nous a fa lou recit,
Si souvendrem toujour que fugueriam ravi
De nous entendre dire uno cavo tant bello.
Dóu grand liberatour adourem la bounta,
Celebrem soun amour pèr de cant d'alegresso,
Pusque siam devengu l'òujè de sa tendresso,
Abaissem nouestrei front davans sa majesta

Chœur.

O Diéu que venès sus la terro,
Vous, glourious e trioumflant,
Pèr soulaja nouestro misèro,
Vous abaissas jusqu'au néant
Dounas nous dins vouestro soufranço
Un gagi de vouestro bounta;
Au grand jour de vouestro puissanço,
Plaças-nous dins l'eternita.

UN BERGIÉ (*parlé*).

O Diéu de carita, sabès tout ço que siam,
Avem un pau de ben, mai siam paure de scienço,
Dòu pu prefouns dóu couar eici vous demandam
Lou travai, la santa, lou bèu tems, la pacienço.
Laissas-nous vouestro amour quand vous aurem quita,
Dounas-nous la sagesso e la prousperita.

DOUS BERGIE.

Couplet à deux voix.

Vous adouram, divino créaturo!
Vous, lou proumiè deis enfant dóu Signour,
Que, per sauva nouestro fèblo naturo,
Dóu marri tems enduras la rigour.
De nouestre couar l'amour senso mesclangi,
Pèr vous, moun Diéu, sara toujour brulan.

Chœur.

En imitan lou cur de vouestreis angi.
Vous adouram.

UN BERGIÉ (*parle*)

D'un couar afecciouna, vous saludi, Mario,
Reino dóu paradis e maire dóu Messio,
Qu'avès soufert lou frè d'un iver rigourous.
E vous, moun bouen Jesus, venès nous rendre urous :
Dóu pu béu dei jardin sias la flour esplandido,
Sias la sourço dóu ben, lou mestre de la vido :
Eme nouestrei presen recebès nouestre amour,
Jusqu'au darrié moumen vous benirem, Signour.

UN BERGIÉ (*présentant un agneau*).

Couplet.

Recebès moun óumagi,
O Diéu de majesta !
Moun couar senso partagi
Vous sara destina.
Aquest agnèu que v'ai pourta
Es l'imagi de la bounta,
De la feblesso,
De la tendresso
De vouestre amour, ô ben aima !
Dounas en qu va merita,
E bouenur e felicita.

UN BERGIÉ (*parlé*).

Despiei longtems déjà lou rabin dóu vilagi
Nous disié : meis enfans sourtirem d'esclavagi,
Lou Messio vendra repara nouestrei mau.
Naissira pauramen entre dous animau,
Preparas vouestrei doun pèr aquéu jour de festo.
— Nautre va cresiam pas, aviam marrido testo;

Mai quand aquesto nué, tout prochi dóu troupèu,
S'es ausi publica lou mistèri nouvèu,
Siam vengu jusqu'eici, fouart d'aquelo assuranço,
Pèr lausa lou Signour dins sa divino enfanço.

DOUS BERGIÉ.

Couplet à deux voix.

Es vous, ô Signour tant aimable,
Qu'avès quita de bèu palai
Pèr veni dins un paure estable
De nouestrei mau pourta lou fai.
En retour que poudem vous rendre?
Vouestrei doun van à l'enfini;
Vouestr' amour toujour pòu s'estendre,
Nautre poudem que vous beni.

SCÈNE VI.

LEI MEME, ROUSTIDO, JORDAN, MARGARIDO.

(*Ils entrent en chantant ensemble*).

En intran dins aquéu sant estable,
O bergié, que bouenur n'es douna,
Li vesem un enfant adourable.

JORDAN (*seul*).

Glòri, glòri au Diéu que nous es na.

(*Parlé*).

Roustido, as plus d'alen. Margarido, couragi.

(*Ils chantent ensemble*).

Glòri, glòri au Diéu que nous es na.

ROUSTIDO (*parlé*).

Nous veicit arriba au bout de nouestre viagi,
Aprocho-ti d'eici, regardo aquel enfant :
Creiras un autre fes ce que ti diéu, Jordan.

JORDAN (*à Margarido*).

Seriam esta proumié senso tu, boueno voio,
Pourras pas ti vanta d'avé gagna lei joio.

MARGARIDO (*à Jordan*).

Se sies long coumo tout, mai faguem ges de bru,
Que toutei lei jouven nous fan leis ni bourru.

ROUSTIDO.

Nes egau, siam eicit eme la jouventuro
Për veni saluda l'autour de la naturo.

MARGARIDO (*à Roustido*).

Es remercian à tu se viéu lou nouvèu na.

JORDAN.

Ti troumpes, Margarido, es iéu que t'ai souena.

MARGARIDO.

M'en souvèni fouart ben, ti disi qu'es Roustido.

JORDAN.

Ti repèti qu'es iéu, souvèn-t'en, Margarido.

ROUSTIDO.

Escoutas-mi toui dous, entendès la resoun,
Se cridas un pau mai fès ploura lou pichoun.

MARGARIDO (*à Jordan*).

Ti disi qu'es pas tu... Mi fas prendre coulèro,
Mai mi la pagaras. auses viei caratèro;
Sabi tròu ce qu'as fa tout de long dóu camin :
Voulies marcha soulet coumo lei galoupin.

Trio des vieux.

JORDAN.

Seul. Aro que siam dins l'estable
Fagues plus ta renarié.
Aquéu pichot tant aimable,
Bessai que si lagnarié.
Sabes que sies pas poulido
Despiei qu'as plus ges de dèn,
T'en voudriéu touto la vido
Se lou rendies maucountent.

MARGARIDO.

Jordan, sies pas fouesso aimable
De m'agué laissa darrié.
Aimes plus ta Margarido,
Va vesi despiei longtems;
Pèr ti faire eme Roustido
As fugi lei bravei gen.

ROUSTIDO

Fès un trin abouminable
Eme vouestro renarie.
E vous, misè Margarido,
S'èro pas que Diéu mi tèn.
Farias pas tant la marrido
Davans lou bel innoucen.

JORDAN (*à genoux*).

A la fin de meis an, dei souci. dóu mal-estre,
Qu m'aurié di q'un jour veiriéu lou divin mestre
Parmi de pastourèu establi soun sejour;
Aviéu pas merita de li faire ma cour.
En maudissen perfes lei jour de ma vieiesso
Aviéu mescouneissu sa divino tendresso.
O moun Diéu, perdounes à moun esgaramen,
Recebès, bouen Jésus, queste paure presen,

(*Il offre une dinde*).

L'ai pourta fin qu'eici pèr vous nen faire óumagi,
Prenès aussi moun couar senso ges de partagi.

Couplet.

Dins ma jouinesso tant marrido
Fasiéu touto sorto de mau,
Passavi tristamen ma vido
Senso bouenur, senso repau.
Aro en adouran vouestr' enfanço,
Senti renaisse lou bouenur e l'esperanço.

(*Il va s'asseoir sur un escabeau, à la gauche de l'enfant Jésus.*)

MARGARIDO (*à genoux*).

Despiei qu'eme Jordan s'aneriam marida,
Lei vesin cade jour nous entendoun crida;
De longo s'enrabiam, si fem toujour la guerro,
Es pas rare, Signour, de nous veire en coulèro;
Encaro vous diéu pas que jito tout au sòu,

(*trépignement de Jordan*).

Que fa que repepia quand va pas coumo vòu,
Que deviro l'oustau, que roumpe la tarraio,

E que, mai que d'un còu, va coucha sus la paio.
Mai vous, moun bouen Jesus, pèr vouestre avenamen.
Esperi que ben lèu finirés moun tourmen,
E que, pèr souveni d'aqueste sant estable,
Rendrès à l'aveni Jordan pu resounable

Couplet.

O Jesus, mestre de ma vido!
Siéu prousternado à vouestrei ped,
Rappelas-vous de Margarido
Qu'es au coumble de sei souhet.
Ausès, Signour, l'umblo preguiero
Qu'eici vous fau d'un couar countent :
Quand finirem nouestro carriero,
Recebès-nous toui dous ensem.

(*Elle va s'asseoir sur un escabeau, à la gauche de Jordan*).

TOUNIN.

Bouen jour, paire-grand.

JORDAN.

Mai... Tounin que vous a di
De veni tout soulet, sabès qu'es pas pouli?

TOUNIN.

Siéu pas vengu soulet.

MARGARIDO.

A toujour sa replico.

TOUNIN.

Siéu ana reviha lou cousin Doumenico,
E siam vengu toui dous veire lou bouen Jesus.

JORDAN.

Sias vengu toutei dous?... Que vous arribe plus.

MARGARIDO.

La pouarto èro sarrado.

TOUNIN.

Ai sauta la muraio.

JORDAN (*se levant*

Acot es bèu! s'avias roumpu lei belei braio?

ROUSTIDO (*protégeant Tounin*).

Qu'acò siegue fini, Jordan, as proun rena;
Tounin, agues pas pòu, vai-t'en, sies perdouna.
(*Roustido s'asseoit sur un escabeau, à droite de l'enfant Jésus*).

SCÈNE VII.

LEI MEME, LOU BOUMIAN, CHICOULÉ.

CHICOULÉ.

Moun paire, un pau pu tard seguirem nouestre viagi,
Crèsi qu'eici dedins l'a quauque roumavagi,
S'es ausi fouesso cant, tout lou mounde es countent,
Venès, poudès intra, gagnarem quauqu' argent.
(*Ils entrent*).

LOU BÒUMIAN.

As resoun, Chicoulé, anam faire caturo;
La vido cade jour nen devèn que pu duro,
Ansin fau coumença : (*aux bergers*) vautre sieguès discrè,
De tout ço que dirai gardas ben lou secrè,
Veirès lèu s'acoumpli vouestro boueno fourtuno.

JORDAN.

Aquelei paurei gen proumenon dins la luno.

(*Ici une scène muette s'engage entre le bohémien et les bergers qui font cercle et lui cachent la vue du Sauveur. Le bohémien tend la main et reçoit quelques pièces de monnaie dont il parait satisfait ; il examine ensuite la main de plusieurs et semble leur dire la bonne aventure. Pendant ce temps la musique joue l'air :* Nautrei siam de bòumian. *Quand vient le tour de Pistachié, celui-ci fuit dans un coin de l'avant-scène, cherchant à s'abriter derrière les bergers*).

UN BERGIÉ (*à Pistachié*).

Coulègo, viras ben, dirien que sias malau :
Pourgès-doun vouestro mau.

PISTACHIÉ (*observant le bohémien*).

Cadun sau ce que sau.

LOU BERGIÉ.

Avès lou tremouiun d'uno pauro maseto,
S'èri vous croumpariéu de poudro d'escampeto.

PISTACHIÉ.

Que s'envague subran, que fague soun camin,
Sabi ce qu'ai reçu dessus lou casaquin.

JORDAN.

Que sarié tout eiçò, dounte vèn tant d'audaço ?
Fau pas si laissa faire un tour de passo-passo
Pèr un tau briguetian que sau pas ço que di.
(*Au bohémien*).
Sias-ti ben assura de ço qu'avès predi ?....
Vouestre poudé troumpur n'es q'un paure manègi.
L'a que de fausseta dins vouestre sorcelègi,
Cresem plus ei sorcié despiei que Diéu es na....
A sei ped, malurous, tenès-vous prousterna ;
Dins lou camin dóu ben que chascun vous countemple,
E d'un bouen repenti dounas eici l'eisemple.

SCÈNE VIII.

LEI MEME, L'AVUGLE. SIMOUN.

SIMOUN

Paire, siam arriba, veici l'estable sant,
Voueli vous faire metre ei ped dóu sant enfant ;
Oh ! se vesias seis ui luson mai qu'uno estèlo,
Coumo l'or lou pu rous sa chaveluro es bello,
Mi regardo tout plen et sa bouco mi ris.

L'AVUGLE.

Taiso-ti, moun enfant, bouto, m'en as proun di.
Soufrissi talamen que poues pas ti va creire.
Moun Diéu, m'aves priva dóu bouenur de vous veire,
Mai vouestro majesta s'esplandisse dins iéu :
Es vouestro voulounta, Signour, e noun la miéu ;

Recouneissi dins vous l'autour de la naturo,
Aquéu qu'au malurous pourge la nourrituro,
Que, pèr mi merita lou celeste sejour,
Dins la pu negro nué ma jita pèr toujour.

(*Pause.— Il ouvre les yeux en poussant un cri*).

Mai... mi troumpariéu pas?... Serié-ti ben poussible?
Mi semblo que li viéu, lou miracle es sensible!
Oh! que de gens eici que pareisson urous,
Jouisson davans Diéu dóu bouenur lou pu dous.

(*Il regarde fixement Chicoulé*).

Mai que vesi, Signour, n'es-ti pas un miragi?
Dóu pichot Safourian semblo que viéu l'imagi:
Viro-ti, moun enfant, laisso-mi ti gueira,
Digo-mi... de qu sies?

(*Le bohémien prend Chicoulé par la main et fait un mouvement de sortie*).

JORDAN (*le retenant*).

Fau pas si retira.

LOU BÒUMIAN.

M'empacharès, belèu.

JORDAN.

Avès l'er de v'escoundre.
En tout ço que li dien l'enfant póu pas respoundre,
Vèn a vous de parla. (*Le bohémien garde le silence*).

L'AVUGLE.

Es vouestre lou pitoué?
L'avès-ti caressa, plega dins lou maioué,
Quand de sa pauro maire empourtavo la vido?
Tout mi di qu'es lou miéu, lou sang au sang si guido.

CHICOULÉ (*au bohémien*).

Paire, respoundès-li, mi vias au desespouar
Pouedi pas reteni mei batimen de couar.
Quauquaren de nouvèu que sabi pas coumprendre
Mi treboulo l'esprit. Pouedi pas mi defendre
D'un sentimen d'amour pèr l'ome que mi vòu.

LOU BÒUMIAN (*à part*).

Se mi foulié parla nen diriéu bessai tròu.
Ansin mi taisarai de pòu d'uno esparado :
(*Repoussant Chicoulé*).
Poues l'ana, Chicoulé, se la cavo t'agrado.

CHICOULÉ (*au bohémien*).

Aro que m'en souvèn, besai qu'aurai coumpres
Perque mi voulias plus : sias un paire d'espres !
Vous quiti sur lou còu, passi de l'autre caire.

L'AVUGLE

Despacho-ti, moun fiéu, vèn'embrassa toun paire.
(*Ils s'embrassent avec effusion puis ils tombent à genoux*).
O merci, bouen Jesus, merci de tant de ben,
Aro pouedi mouri car desiri plus ren.
(*Les deux enfants s'embrassent*).

Chœur.

O Rei de glòri.
Vouestro bounta vèn nous charma.
O Rei de glòri.
Fau vous aima.
D'uno tant bello nué gardarem la memòri,
Nué de bounur, qu pourrié t'óublida ?

O Rei de glòri,
Vouestro bounta vèn nous charma.
O Rei de glòri.
Fau vous aima.

LOU BÒUMIAN. (*Solo*)

Dins vouestr' enfanço
Sias trelusen coum' un soulèu.
Dins la soufranço
Sias toujour bèu.
D'un sincère retour vous douni l'assuranço,
A l'aveni sarai dous coum' agnèu.
Dins vouestr' enfanço
Sias trelusen coum' un soulèu,
Dins la soufranço
Sias toujour bèu.

(*Reprise du chœur*).

O Rei de glòri, etc.

LOU BÒUMIAN (*à genoux*).

Vous proumeti, moun Diéu, pèr m'agué racheta,
De quita lou mestié que troublo l'inoucenço,
Senti s'esvapoura ma tròu grando ignourenço
En countemplan lei trè de vouestro majesta.
Raubarai pas plus ren, ma carriero es finido,
Pèr toujour, bouen Jesus, renègui moun errour ;
Permetès-mi, Signour, en aqueste sant jour,
De vous óufri moun couar, moun sang eme ma vido

CHICOULÉ (*à genoux*).

Vous, qu'avès ben vougu descendre sus la terro,
Perdounas au bòumian, soulajas sa misèro.

Proumetès-li, Signour, qu'en quitan lou païs
Li gardas un cantoun dins vouestre paradis,
E pusque à vouestrei ped ai retrouba moun paire.
Plus ges d'autre bouenur pourra mi satisfaire.

JIGÈ (*parlant très distinctement*).

Prousterna davans vous, Signour, vous remerciéu
Pèr agué desgaja moun verbo empachatiéu,
E pusqué vau parla coumo tout autre pastre,
Vous prouvarai l'amour qu'ai pèr vous, ô bel astre !

ROUSTIDO (*se levant avec impatience*).

Anfin l'a plus degun? devès estre countent :
De dire moun coublé beléu que sarié tems.
Aquelei regala m'aurien ben lèu fa rire,
N'ai tant e tant ausi que sabi plus que dire ;
Pèr faire un coumplimen siéu pas fouesso geina,
Anem daise, pamens, de pòu de m'engana.

Couplet.

A miejo-nué souenado.
Signour, avès pareissu,
Sus la paio gielado,
Dins l'estable sias naissu.
O Messio,
O Mario.
Aro que v'ai couneissu,
Per moun salu
Au ciel sarai reçu.

(*Il retourne à sa place, tous les bergers se levent et se disposent au départ.*)

JORDAN.

Roustido, n'as proun di, finisse ta musico,
Lou pichot vòu dourmi, partem senso replico.
Rendem gracis à Diéu dóu bouenur que n'a fa
De nous manda soun fiéu per nous toutei sauva.

Chœur.

Cantem lou miracle nouvèu
Qu'es arriba dins noustr'amèu,
Adourem lou divin agnèu
Qu'es trelusen coum' un soulèu.
Jamai s'es vist ren de tant bèu :
Canten lou miracle nouvèu.

(Sortie).

FIN DU TROISIÈME ACTE.

NOTA. — Lorsque le personnel de la troupe ne permettra pas de jouer le 4e acte : *Hérode et les Mages*, on passera immédiatement au 5e acte : *Les Peureux*.

ACTE QUATRIÈME (1)

Hérode et les Mages.

Le Théâtre représente le palais d'Hérode, roi de Judée. — A gauche, le trône élevé sur trois marches. — A droite, un fauteuil antique et une table couverte d'un riche tapis. — Au lever du rideau, des soldats se promènent sous une galerie extérieure. — Deux hérauts d'armes se tiennent debout et à distance, de chaque côté du trône.

SCÈNE PREMIÈRE.

HÉRODE ET SON CONFIDENT.

LE CONFIDENT.

Seigneur, quels noirs soucis, quelles images sombres
Sur votre front royal ont répandu leurs ombres ?
Quels malheurs si soudains et quels nouveaux ennuis
Avez-vous entrevus dans la fièvre des nuits !

(1) M. Gaston de Flotte désirant contribuer au succès de l'œuvre des ouvriers, avait bien voulu, en 1815, à la prière de l'abbé Julien, écrire cet acte que nous sommes autorisé à publier comme annexe de cette pastorale.

Avouez-le Seigneur : quelque vaine chimère
Entretient dans votre âme une pensée amère,
Tout sourit cependant à vos nobles projets ;
Aimé de l'empereur et craint de vos sujets,
La fortune, la gloire et la magnificence
Ont enfin cimenté votre toute puissance ;
Vous régnez en héros, par la victoire élu,
Respecté de César, ici maître absolu.

HÉRODE.

Ah ! tu ne connais pas le poids d'une couronne,
De combien de soucis la grandeur m'environne !
Hélas ! quelle est ma vie, et combien le pouvoir
A de tristes secrets que tu ne peux savoir !
Écoute, ami : depuis bientôt quarante années
Que mon sceptre des Juifs règle les destinées,
Jamais un jour serein ne s'est levé sur moi
Et je n'ai que des nuits pleines d'un vague effroi.
Hier encore, hier !... Pardonne, ami (ce rêve
A mon cœur oppressé ne laisse nulle trêve),
Dans un songe sans doute envoyé par les dieux.
Hier, ma vie entière apparut à mes yeux,
Avec tout son passé, ses crimes, ses vengeances,
Et ses remords surtout, terribles exigences
Que ne peut conjurer la puissance des rois !
De mon seul intérêt suivant toujours les lois
Je me voyais d'abord, vision importune,
Dans les camps de Brutus embrasser sa fortune,
Puis quitter tour-à-tour, courtisan du hasard,
Pour Antoine Brutus, Antoine pour César ;
Toujours par ces calculs mon âme était guidée,
Et j'arrivais enfin au trône de Judée.

Alors du sang des miens, cimentant mon pouvoir,
J'oubliais tout, famille, humanité, devoir,
Et ne pouvais calmer, par tant de funérailles
L'inextinguible soif qui brûlait mes entrailles ;
Mes enfants, mon épouse, amis et courtisans
Expiraient tour-à-tour sous mes coups incessants ;
Quand (c'était, tu le sais, à l'heure des ténèbres.)
Surgissent devant moi des images funèbres,
Des ossements brisés, squelettes en monceaux
D'où s'échappe le sang par de larges ruisseaux.
Puis, des spectres affreux, secouant leur suaire,
Avant de retomber au fond de l'ossuaire,
Remplissent de clameurs les murs de mon palais
Que dévorent des feux aux sinistres reflets ;
— Et puis, dans le lointain, une croix rayonnante,
Sur le monde incliné, debout et dominante,
Éclairait à ses pieds des cadavres d'enfants
Dont l'âme s'élevait vers les cieux triomphants !
— Et moi, dans la misère et dans l'ignominie,
Abandonné de tous dans ma longue agonie,
Le ver de mes remords, que je sentis souvent,
S'unissait à des vers qui me rongeaient vivant !
Aux Enfers, une voix formidable et sublime
A dit : L'ÉTERNITE !... Puis, s'est fermé l'abîme...
Je me réveille alors, je pousse un cri d'horreur.
Et tout a disparu... tout, hormis ma terreur !

LE CONFIDENT.

Quoi ! Seigneur, vous croyez à ces tristes présages !
Vous, soldat intrépide et le maître des sages,
Vous croyez que le ciel, à ce fantôme vain
Produit par le sommeil, attache un sens divin !

Ah ! jouissez en paix de la toute puissance ;
Je sais comment, Seigneur, ce rêve a pris naissance :
Les Juifs, dit-on, les Juifs dans leur abaissement,
Attendent chaque jour un grand évènement,
Un roi naîtra chez eux, prédit par les sibylles.
Espoir menteur nourri par des prêtres habiles ;
Aux yeux de l'univers, les dieux ont adopté
L'empire des Romains et son éternité.....

SCÈNE II.

LES PRÉCÉDENTS, UN MESSAGER.

LE MESSAGER.

Seigneur, trois étrangers, de race orientale,
Et chargés des trésors de leur terre natale,
Arrivent parmi nous : Parcourant la cité
Ils réclament les droits de l'hospitalité ;
Ils portent le costume et le titre de Mages
Et veulent à vos pieds déposer leurs hommages.

HÉRODE.

Leur présence me sert, et quel qu'en soit l'objet
Je saurai découvrir leur but et leur projet.
Qu'ils entrent.
(*Le messager se retire, Hérode se place sur son trône*).

SCÈNE III.

HÉRODE, SON CONFIDENT, LES MAGES, LE MESSAGER.

HÉRODE.

Voyageurs, quel destin vous amène
Dans ces lieux qu'a soumis la puissance romaine ?
Qui donc vous a frayés des chemins inconnus
A travers les pays d'où vous êtes venus ?
Il faut que ce dessein devant nous se dévoile.

GASPARD.

Seigneur, depuis un mois nous suivons une étoile
Que jadis Balaam, de qui nous descendons,
Prédit, et que depuis longtemps nous attendons,
Qui nous montre celui qu'un siècle au siècle annonce
Et dont avec respect le saint nom se prononce,
Le Sauveur, qu'autrefois le prophète entrevit,
Le Rédempteur du monde et le fils de David.

MELCHIOR.

Seigneur, où donc est-il ce roi qui vient de naître ?
Rendez-vous à nos vœux, faites-nous le connaître :
Depuis qu'illuminant l'immensité des cieux
Nous avons aperçu son astre radieux,
Du mystère accompli merveilleux interprète,
Il brille sur nos fronts et jamais ne s'arrête ;
Comme Israël, jadis délivré par son Dieu,
Suivant dans le désert la colonne de feu,

S'avançait, plein d'espoir, vers la douce Judée,
Ainsi vers un enfant notre marche est guidée,
Et nous venons ici présenter à genoux
L'or, la myrrhe, l'encens et les dons les plus doux.

HÉRODE.

Mais cet enfant qui doit, selon votre parole,
Renverser Jupiter debout au Capitole,
Ce roi qui doit régner sur l'empire romain,
Puis, imposer ses lois à tout le genre humain,
Et changer tout-à-coup, renouveler la terre.
Croyez-vous qu'il soit né? Dites, par quel mystère
Un astre étincelant conduirait-il vos pas,
Et d'un espoir trompeur ne vous flattez-vous pas?

BALTHASARD.

C'était pendant la nuit, nuit paisible et sereine:
La lune avait voilé sa splendeur souveraine;
A travers les buissons et les arbres touffus
S'élevait comme un chœur ineffable et confus;
Le cèdre, le palmier, le pin, le sycomore,
Semblaient rendre un hommage au Dieu que l'on adore;
Les lacs et les vallons, les côteaux et les bois
Unissaient leur murmure et chantaient à la fois;
L'air était tiède et pur, la colline embaumée
Répandait jusqu'à nous sa brise parfumée;
Nous rêvions, — car souvent dans notre heureux séjour
Nous avons une nuit plus belle qu'un beau jour:
Tout-à-coup, rayonnant dans la calme atmosphère
Et sur nos fronts levés vers la sublime sphère
Apparaît une étoile éclatante, et nos yeux
La voient tracer là-haut un sillon radieux:

— Et nous songeons alors aux siècles si prospères
Où Dieu même inspirait la lèvre de nos pères,
Prophètes dont le temps a consacré les noms.
Nous rendons grâce au ciel, et nous nous souvenons;
Car autrefois un homme appelé pour maudire,
Contre Dieu lutte en vain, et Dieu lui fait prédire
L'Étoile de Jacob, rejeton d'Israël,
Qui des chefs de Moab renversera l'autel!
Voilà pourquoi, le cœur frémissant d'espérance
Nous suivons pas à pas l'astre de délivrance
Qui ne doit s'arrêter qu'en face du berceau
Qui porte du Seigneur la promesse et le sceau.

HÉRODE.

Étrangers, croyez-moi : ce brillant phénomène
N'enferme point en lui de cause surhumaine,
Ce signe est incertain. et les traditions
Égarèrent souvent les générations ;
Faux oracle, mensonge, illusion, prestiges!
Pour un pareil espoir il faut d'autres prodiges.
Retournez sur vos pas, car vous cherchez en vain
Ce roi qu'on vous prédit et cet enfant divin.

GASPARD.

Non, Dieu ne trompe point : ses lumineux oracles
Depuis quatre mille ans promettent ces miracles ;
Les siècles sont venus que le grand Daniel
Calcula, jour par jour, avec l'aide du ciel ;
Ils sont venus enfin! l'univers le proclame!
Puis, notre cœur ému, l'espoir qui nous enflamme,
Qui nous fait traverser les rivières, les monts,
Qui nous éloigne ainsi des lieux que nous aimons,

Cette voix qui nous parle et nous dit que l'aurore
A l'horizon des temps surgit et vient d'éclore,
Non, cela n'est point faux, non, Dieu ne trompe pas
Ceux qu'il visite ainsi, dont il guide les pas.

HÉRODE.

Appelez, de la loi, les ministres, les maîtres,
Et les docteurs du peuple, et les princes des prêtres,
Qu'ils expliquent ici, qu'ils ouvrent à nos yeux
De leurs livres sacrés le sens mystérieux.
(*Le messager sort*).
(*Aux Mages*). Comment dans vos pays, régions inconnues,
Les chimères des Juifs sont-elles parvenues.
Et comment savez-vous qu'ils attendent un roi?

MELCHIOR.

Dieu dispense à son gré les trésors de la foi :
Nos pères ont connu le peuple de Moïse,
Et l'attente du Christ, d'âge en âge transmise,
Nous trouve préparés au grand évènement
Qui vous frappe aujourd'hui d'un tel étonnement.

SCÈNE IV.

LES PRÉCÉDENTS, LE GRAND-PRÊTRE, LES DOCTEURS DE LA LOI, LE MESSAGER.

HÉRODE.

Docteurs, quel est ce Christ, ce Roi qu'on nous annonce?
Prêtres, que par vos voix la sagesse prononce,

Parlez-nous librement, sans feinte : dévoilez
Le sens de ces écrits à nos yeux aveuglés ;
Qu'ils s'ouvrent, que je voie, et que mon cœur adore
Ce Messie attendu, mais dont je doute encore,
Et moi-même j'irai déposer avec vous
Les plus riches présents à ces divins genoux

LE GRAND PRÊTRE.

Oui, les jours sont venus : le palais, la chaumière
Ont entrevu déjà la splendide lumière,
Dans l'avenir des temps aperçue autrefois
Par Jacob, Isaïe et les Prophètes-Rois ;
Elle va dissiper l'obscurité profonde
De cette nuit fatale enveloppant le monde ;
Muets sur leurs trépieds, vos oracles menteurs
Laissent tomber déjà leurs voiles imposteurs :
Déjà l'on n'entend plus que la voix des Prophètes
Qui tonne sur l'impie et qui trouble ses fêtes ;
Oui, les jours sont venus ! Le monde est attentif :
Ce n'est point un bruit sourd, inconstant, fugitif,
Non, c'est une clameur puissante, universelle :
Un Dieu vient visiter l'univers qui chancelle,
Et l'homme sur la terre, et l'ange dans les cieux
Assistent au grand jour qu'espéraient nos aïeux ;
Écoutez ces longs cris et ces voix sibyllines
Qui frappent de stupeur Rome et les sept collines !
Dieu va régénérer cet univers maudit,
David et la Sibylle ensemble l'ont prédit.
Du Midi jusqu'au Nord, du Couchant à l'Aurore,
L'homme voit un rayon, le bénit et l'implore,
Ce rayon annoncé depuis quatre mille ans
Par des mortels choisis, aux fronts étincelants !

Les jours sont arrivés, où l'enfant des oracles
Va sortir radieux du fond des tabernacles,
Fesant entendre au cœur de l'homme racheté
Ces deux mots éclatants : AMOUR ET VÉRITÉ !
Au sein des nuits déjà l'on a vu son étoile,
Dieu n'a plus de secret, l'avenir plus de voile :
L'Empereur a fermé le temple de Janus,
La paix règne partout ; et les jours sont venus !

HÉRODE.

Et le nom de ce Christ qui vient pour sauver l'homme,
Quel est-il ? Quelle ville et quel heureux royaume
A vu n'aître l'enfant marqué du divin sceau,
Et quel palais splendide a reçu son berceau ?

LE GRAND-PRÊTRE.

Son nom, l'ange l'a dit à la Vierge féconde,
En annonçant ce Fils, espoir, sauveur du monde :
JÉSUS, le plus doux nom qu'homme ait jamais porté,
Et qui renferme tout : Justice et charité !
— Il naît à Bethléem, selon la prophétie
Qui dans les temps futurs saluait le Messie :
« Bethléem, de Juda la plus humble cité,
« Rayonne de bonheur, de gloire et de clarté,
« Car d'elle sort le chef qui nous réhabilite.
« Et qui gouvernera le peuple israélite ! »

HÉRODE.

(*Aux Prêtres*).
C'est bien, retirez-vous. — (*Ils sortent avec le messager*).

SCÈNE V.

HÉRODE, LE CONFIDENT, LES MAGES.

HÉRODE.

(*Aux Mages*).
Vous, Mages, dès demain
Suivez l'astre brillant qui montre le chemin.
Allez dans la cité que Dieu même a choisie
Pour berceau de son fils, du Christ et du Messie;
Allez, interrogez, demandez cet enfant
Dont l'oracle a prédit le règne triomphant!
Ensuite, apprenez-moi quelle est cette merveille.
A quels bruits inconnus le siècle se réveille,
D'où viennent ces rayons, quel est ce Roi: Je veux
De mon peuple suivi lui présenter mes vœux,
Et, guidé par l'éclat de cette douce aurore
Dont de tous les côtés l'horizon se colore,
Saluer à mon tour, comme un gage certain,
Le berceau qui du monde enferme le destin.
(*Les Mages se retirent avec le Confident et les hérauts d'armes. Les portes se ferment*).

SCÈNE VI.

HÉRODE seul.

Il est donc apparu celui dont la naissance
Nous révèle déjà la gloire et la puissance,

Celui qui doit régner un jour sur l'Univers,
Réunir sous ses lois tous les peuples divers,
A César, aux Romains arracher leur empire !
Les astres, mes sujets, contre moi tout conspire !
Pour conserver mon trône ainsi donc vainement
J'aurais sacrifié maîtres, amis, serment,
Renié les vaincus et flatté la victoire !
Ainsi donc brillerait le jour expiatoire !
Non, si j'ai fait périr famille, épouse, enfants,
Si j'ai tout écrasé sous mes pieds triomphants,
Si l'on tremble partout où ma trace s'imprime,
Irai-je reculer devant un nouveau crime ?

(*Après une pause*).

Et si l'on me trompait ? Si les tristes Hébreux
Expliquant à leur gré des livres ténébreux,
Séduits par leurs docteurs et nourris de mensonges,
Bercés d'un fol espoir, croyaient à de vains songes ?
Si ce maître, ce chef qui vient venger leurs droits
Était homme et mortel comme les autres rois ?
Que faire ? — Doute affreux ! Position terrible !
Oh ! comment secouer cette pensée horrible ?
— J'irais à Bethléem saluer cet enfant !
Mais de l'ambition la loi me le défend,
Car que dirait Auguste, à qui je dois mon trône ?
Dieux ! quelle obscurité, quelle nuit m'environne !
— Eh bien ! à mon secours étouffant le remord.
Une nouvelle fois j'appellerai la mort,
Et je resterai sourd, terrible victimaire,
Aux larmes de l'enfant, aux douleurs de la mère ;
Que partout, à ma voix, le glaive obéissant
Pour servir ma fureur se baigne dans le sang.
Et pour me délivrer de l'implacable doute

Qu'il joigne à tant de morts celui que je redoute !
L'Empereur à mes mains confia le pouvoir :
Il apprendra bientôt si j'ai fait mon devoir.
Du présage fatal je délivrerai Rome :
Qu'importe désormais le nom dont on me nomme ?
Qu'à l'enfer révolté je serve d'instrument,
Que dans Rama s'entende un long gémissement,
Et que je sois maudit par toute la Judée
Qui verra Bethléem d'un sang pur inondée !
Que m'importent le ciel, l'humanité, la loi,
Si l'Empereur m'approuve, — et si je reste roi !

La toile tombe.

FIN DU QUATRIÈME ACTE.

ACTE CINQUIÈME.

Adoration des Mages.

LES PEUREUX.

(Même décor qu'au 3me acte).

(Au lever du rideau la scène est entièrement vide. On entend chanter au loin le chœur suivant sur l'air de la Marche de Turenne, *dite* Marche des Rois.

Chœur (*voix invisibles*).

Gloire au ciel !
Au fils de l'Éternel,
Qui devant nous a placé son étoile.
Gloire au ciel !
Au fils de l'Éternel,

Qui vient sauver son peuple d'Israël.
L'astre qui luit
Devant nous fuit,
A sa lueur la vérité se dévoile :
L'astre qui luit,
Devant nous fuit,
Près de Jésus sa clarté nous conduit.

SCÈNE PREMIÈRE.

PIMPARA, BENVENGU (*tenant chacun un bâton à la main.*

PIMPARA.

Moun ami, siam perdu, mi veses en coulèro,
Crèsi que l'estrangié vèn nous faire la guerro,
Lou courtègi famous qu'avem vist en camin,
Aquelei briguetian que menon tant de trin,
Leis armo, lei camèu e touto la musico,
Fan que dins mei boutèu la pòu si coumunico ;
Nous avien di pamens qu'auriam plus ges de mau
Quand lou Signour proumes descendrié d'amound'au.
Que nen penses, fai lèu ?

BENVENGU.

Sabi pas que ti dire.
De tout ço que mi dies n'ai pa'nvejo de rire,
Saurai ben ço que n'es sencò ven Pistachié,
Auriéu quasi ben fa de li courre darrié.

PIMPARA.

Mi crèses ben charma dei resoun que mi dounes ?

BENVENGU.

Pèr uno cavo ansin viéu pas perque t'estounes,
Avem dous gros bastoun prouvarem qu'an de jus.

Couplet. — Ensemble.

De nouestre vilagi
Si troubam lei pu courajous
Pèr un mourtalagi
Siam proun toui dous.
Dessus la gusaio
Se dóu tricò n'avié pas proun.
Dounariam bataio
A còu de poun.

PIMPARA (*parlé*).

Si batra qu voudra, per iéu n'en voueli plus,
Despiei adematin mi fau de sang de pesto,
Ren que de li sounja mi douno mau de testo.

SCÈNE II.

LEI MEME, PISTACHIÉ.

PISTACHIÉ.

O mestre, ô Pimpara ! vous cerqui de pertout,
De ma pauro vidasso aujourd'uei viéu lou bout,
Plegui sur mei ginous, toumbi de lassitudo,
Ai lei ped tout saunous d'uno course tant rudo.

BENVENGU.

La pauro Margarido a pres un brave esfrai,
A quasi derraba la criniero de l'ai
Talamen s'arrapavo ei pèu de l'encouluro ;
Roustido eme Jordan li tenien la centuro,
Quand l'ase en si cabran a tout cabucela,
E cadun a courru, qu d'eici, qu d'eila.
Sencò m'atrobo plus va si creire perdudo :
Anem-li quauqueis-un per li douna d'ajudo.

PIMPARA.

Se lei prenien toui tres l'aurié ren de gasta,
Mai iéu, paure mesquin, ma peiro l'a resta,
Ai laissa tout en plan au mitan de la routo,
Cercavi de pertout se vesiéu quauquo bouto
Pèr nen bèure lou vin e m'escoundre subran,
Mai coumo n'ai ges vist siéu parti coumo un lamp.

PISTACHIÉ.

La peiro, Jordanet, l'Ai, Roustido et Guerido!
Viéu qu'à nouestrei despèn la troupo s'es prouvido,
E s'avès pres de peno à mi tira dóu pous,
Contro lei maufatan vous demandi secous.

PIMPARA.

Aro que siam eici counto-nous toun afaire.

BENVENGU.

E siegues pas tant long coumo va sabes feire.

SCÈNE III.

LEI MEME, BARNABÈU.

BARNABÈU.

Perqu' avès tant courru ? Devias-ti mi laissa ?
De veni jusqu'eici poudiam ben s'en passa.

PIMPARA.

Digo lèu Pistachié.

PISTACHIÉ.

Sabès la maluranso
De la pacho qu'ai fa ?

BENVENGU.

Sabem la maniganso
Que t'ant fa lei bòumian, mai s'agis pas d'acò.

PISTACHIÉ.

Ma pauro oumbro l'ai plus.

PIMPARA.

Digo nous en un mot
Ço que ti demandam.

PISTACHIÉ.

Veicito l'aventuro
D'aquelei mascarà qu'an tant laido figuro.
Lei vesiéu s'avança quiha sus de camèu,

Fasen balin-balan eme sei long drapèu ;
Eron tout cubert d'or dei ped fin qu'à la testo,
E coumo leis sourdà que s'en van en batesto,
Avien de grand coutèu lusèn coumo de fué :
— Oh ! se m'aguessias vist aurias di qu'èri cué. —
Augi pas vous parla de sa caro enfumado,
Es pas pèr fa de ben que si la soun pintado ;
Cantavon en pican dessus un gros tambour,
Avien de viesti long, fa de touto coulour.

BARNABÈU.

N'ai vist de blanc, de blu, de gris, de vèr, de rouge ;
Lou long de moun camin n'ai counta mai de douge.
Ço que mi va lou mies es d'agué sauva l'ai ;
M'as laissa, Benvengu, bouto m'en souvendrai.
Cresiéu pas, tant matin, prendre talo estubado.

PISTACHIÉ.

Es remerciant à iéu se la vieio es sauvado.

PIMPARA (*à Benvengu*).

Entendes ço que dis ?

BENVENGU (*à Pistachié*).

Ti taises, gros bedèu.
Se ti mescles d'acò ti soubres un bendèu.
Digo tout bouenament qu'as manca de couragi,
Foulié pas pèr acò faire tant de tapagi,
Eme tei mascarà m'avies quasi fa pòu.

BARNABÈU.

Que vengon, cantaran coumo de roussignòu.

Couplet.

Se vènon vous rauba
Saurem vous sauva,
Divin Mestre !
Se vènon vous rauba
Nouestrei poun sauran v'empacha.
Nouestro fé nous rende fouart,
Si batrem jusqu'à la mouart.
Restarem eme vous,
Vous pregarem à ginous.

PISTACHIÉ (*apercevant l'étoile qui paraît*).

Ah ! soustenès-mi,
Meis ami, alucas pèr aqui.

(*Ensemble*).

La pòu nous reprèn mai
S'aviam nouestr'ai
Courririam vite à la bastido.
La pòu nous reprèn mai,
S'aviam nouestr'ai
Courririam pu fouart que jamai.
L'estèlo qu'a lusi
Nous douno de souci,
Se si metiam a courre
Pourriam si roumpre lou mourre,
Vau mai que restem eici.

PISTACHIÉ (*parlé*).

Ben, aro siam pouli, nous n'arribo uno bello.
Li compreni plus ren, regardas qunto estèlo.

BENVENGU.

Aquesto mi parei quauquarem de requist,
Car d'uno formo ansin n'aviéu jamai ges vist.
E souvent ai ausi de la bouco dei pastre
Que l'avié d'estarlò qu'agissien sus leis astre

PIMPARA.

Doutariéu quasimen que lei faribustié
Que prenem pèr de laire's pulèu de sorcié. (*peur*).
Senti dedins moun sang un fué que mi gresiho.

BARNABÈU (*regardant l'étoile*).

Que sarà tout eiçò ?

BENVENGU.

Taiso-ti, brescambiho.

PISTACHIÉ (*à Pimpara*).

Se lei viéu mai veni mi metrai darrié tu,
Piei quand ti poussarai li sautaras dessu ;
Alors nen prendras un pèr coumença lou brando
E n'en basselaras lou resto de la bando ;
Iéu, que ti seguirai pèr lei moustra dòu det,
Mi cargarai dei mouart coumo un brave cadet.

BENVENGU.

Foudrié veire la fin d'aquesto caravano,
Car se duro enca'n pau perdi la tremountano ;
Voueli parti subran.

PIMPARA (*à Benvengu*).

Escouto, digo-mi
Ço que mi laissaras se moueres, moun ami,

Coumprèni tròu que v'uei toun afaire es limido.
Quand sias dins lou pelau tenès gaire à la vido.

PISTACHIÉ.

Que li dies, Pimpara, n'aurié pèr s'avani,
Crèses doun que toutaro anam toutei mouri ?

BENVENGU (*à Pimpara*).

Poues ben ti figura que se resti sus plaço,
Sara pas tu, gournau, que faras la radasso.
Mai siéu pa'ncaro mouart, e piei gueiro mei bras,
Se nen voues apara quauquei còu sus lou nas
Siéu lest à ti servi ; piei se voues l'eiretagi,
Laisso-mi t'esquicha moun det sus lou gavagi.
(*Il lui serre le cou*).

PIMPARA (*criant et se tâtant le cou*).

Coulègo, diéu plus ren, m'as coupa lou siblé,
Caspi ! coumo li vas, voues pas mouri soulet.....
Eh ben, se lei sorcié nous demandon soun resto,
Fau si metre d'acord pèr li roumpre la testo.

PISTACHIÉ.

Aqui parles d'aploum. Mi léves de souci.
Si soustendrem toui quatre e restarem eici.
(*Ils vont se tenir à la porte, agitant leurs bâtons en signe de vaillance ; mais dès que le cortège paraît ils courent se réfugier auprès du* Sauveur. *On répète ici le chœur et la* Marche des Rois).

SCÈNE IV.

LES PRÉCÉDENTS, LES MAGES BALTHAZARD, GASPARD et MELCHIOR, précédés de leur CORTÉGE et suivis d'une FOULE DE BERGERS.

GASPARD.

(*Deux petits serviteurs apportent un coussin de pourpre et le placent devant le Saint Enfant*).

Arrêtons-nous : l'étoile a fixé sa lumière
Sur cette pauvre étable, et quittant leur chaumière,
Par un ange avertis, des pasteurs avec nous
Viennent devant Jésus incliner les genoux.
Aux petits comme aux grands notre Seigneur accorde
De voir le jour de gloire et de miséricorde ;
Il dévoile à nos yeux, célestes messagers,
L'étoile pour les rois, l'ange pour les bergers.
— Entrons, car c'est ici que le Christ vient de naître,
Sa présence s'annonce et déjà nous pénètre
De cette douce paix que Dieu nous révéla :
Une crèche, un enfant sans berceau !... c'est bien là !
Celui qui, sous ses lois, réunira le monde,
A choisi pour palais cette demeure immonde ;
Celui dont la bonté va guérir tous nos maux
Apparait au milieu des plus vils animaux ;
Le Rédempteur, l'enfant prédit par les oracles
Dont le globe étonné redira les miracles,
Le fils de Dieu, le Christ, roi de l'éternité,
Est né dans la misère et dans l'obscurité.

(*Il se met à genoux et pose sa couronne sur le coussin*).

Vous que, même en ces lieux, tant de gloire environne,
Permettez qu'à vos pieds déposant ma couronne,
Adorant vos grandeurs, reconnaissant vos droits,
Je rende le premier hommage aux rois des rois !
(Il se lève).

MELCHIOR.

(Deux petits thuriféraires noirs apportent la cassolette où brûlent des parfums).

Seul, vous êtes le Dieu du ciel et de la terre :
Vous venez ici-bas, victime volontaire,
Abaisser les hauteurs de la Divinité
Et vous charger du poids de notre iniquité !
Oui, vous êtes celui que jadis le prophète,
Du mal et de l'enfer constatant la défaite,
Prédit, lorsqu'il disait : « la Vierge concevra,
« Du nom d'Emmanuel son fils s'appellera !... »
Qu'importent ce réduit, cette crèche, ces langes,
De misère et d'éclat ces étonnants mélanges ?
— Nous venons adorer dans son abaissement
Celui qui dans les cieux vit éternellement,
Vers qui l'astre a conduit nos pas, et que le monde
Va reconnaître au jour qui l'éclaire et l'inonde.
(à genoux).
— O Christ ! je vous salue, et j'apporte en présents
Mes adorations, mon cœur et cet encens
Qui, franchissant l'espace et sa vaine barrière,
Jusqu'au trône éternel monte avec ma prière ! *(Il se lève)*.

BALTHAZARD.

(Deux petits serviteurs déposent devant Jésus l'urne contenant la myrrhe).

O Dieu, qui faites grâce et pouviez nous punir,

A notre infirmité vous venez vous unir !
O prodige d'amour, dont le regard propice
Nous arrête, entraînés au bord du précipice !
Vous descendez vers nous, et, visible à nos yeux,
Vous fermez les enfers et nous ouvrez les cieux ;
Tous les peuples perdus dans des systèmes sombres
De la nuit du passé vont secouer les ombres,
Et, grâce à ce soleil attendu si longtemps,
Rallumer leur pensée à ses feux éclatants. (*à genoux*).
— O vous, que de leur aile ici couvrent les anges,
Je viens joindre ma voix à leurs saintes louanges,
Et saluer aussi ce merveilleux enfant
Obscur et radieux, sans force et triomphant ;
Et tandis que là-haut l'ineffable cantique
Annonce les splendeurs de ce jour prophétique,
La myrrhe et ses parfums exhalés dans les airs
Se mêlent dans l'espace aux magiques concerts ! (*Il se lève*).

Chœur final.

LEI BERGIÉ.	LES MAGES et LEUR SUITE.
Cantem vitòri,	Chantons victoire,
Cantem lou Signour,	Chantons le Seigneur,
Celebrem la glòri	Célébrons la gloire
D'un Diéu plen d'amour.	De Jésus vainqueur.

Trio de Bergers.

Es naissu, pecaire,
Dins la paureta,
Poudié-ti mai faire
Pèr nous racheta.

Reprise du Chœur.

LEI BERGIÉ.	LES MAGES et LEUR SUITE.
Cantem vitòri. etc.	Chantons victoire, etc.

APOTHÉOSE.

—

Vers la fin du chœur, le fond du théâtre se lève et laisse voir, au milieu d'une vive clarté, le symbole de Jéhovah entouré de groupes d'anges. A ce moment, les pages et les soldats abaissent leurs drapeaux et leurs lances devant le berceau du Sauveur. Les Mages et les bergers se prosternent. — Tableau. — La toile tombe.

Fin de la Pastorale.

COUPLETS SUPPLÉMENTAIRES

Les airs qui suivent doivent des droits aux compositeurs de musique, si le spectacle est public.

LOU BOUMIAN (1er acte).

Air.

O la bello nué!
Courès, pastre, patresso,
Pèr veire mei jué
Venès eici jouinesso,
Pèr veire mei jué.
Vesi dins leis astre
Ço qu'arribara,
Dins la man dei pastre
Moun ui legira.

O la bello nué! etc.

Dins touto cabano
Siéu lou ben vengu,
Au founs de la plano
Sarai lèu rendu.
Lou vieiar mi lojo,
Lou jouine tamben,
Cadun m'interrojo
Dessus moun talen.

O la bello nué! etc.

L'AMOULAIRE (1er acte).

Couplets.

Dóu gagno-petì ausès l'aventuro :
A nué per camin
Rescountri mou vesin ,
Mi dis : l'amoulè, voues faire caturo ,
Senso mai de tems
Courre vers Betelem.
Aqui troubaras ami, cambarado.
Bergiero, bergié
Toutei pu matinié ,
Sus un pau de fen veiras l'acouchado,
Que dins un cantoun
A mes soun enfantoun.
Bijjjjjj.....

Refrain.

Viro ma poulido,
Viro toujour ben,
Ti devi ma vido,
Mei jour de bèn tems.
Teni lou couar gai, faire la partido,
Bèure quauquei còu, mena boueno vido,
Vaqui lou plesì } *bis.*
Dóu gagno-petì }
Amoueli coutèu
E cisèu.

Lou travai pressa jamai mi chacrino,
Pèr gagna de sòu
L'oubrié fa ço que pòu ;
Passi leis òutis sus ma peiro fino.
Es lou soulet ben
Que mi rende countent.

Se Jesus es na la plus ges de lagno.
Alor, Diéu merci,
Naurai plus de souci.
Foudra mai deman si metre en campagno.
Dré que sara jour
Anarai fa moun tour.
Bijjjjjj.....

Refrain.

Viro ma poulido, etc.

NOURA ET FLOURET (1er acte).

Couplet à deux voix.

Alerto, alerto, jouvencèu,
Lou matin vèn, l'aubo es levado.
Leis angi gardon lou troupèu,
Touto la couelo es esclarado.
Venès, venès touteis ensem,
Partem, bergié, pèr Betelem,
Pèr Betelem.

Despiei lo[illegible]tems l'estèlo briho
Sus un estable de pauriho.
Dessus la terro
Un Diéu plen d'amour.
Dins la misero
A reçu lou jour.
Pourtem-li pèr gagi
Un couar brulan;
De nouestre meinagi
Partem subran;
Anem, couragi,
Cridam et cantam.

Alerto, alerto, jouvencèu.

---

www.ingramcontent.com/pod-product-compliance
Ingram Content Group UK Ltd.
Pitfield, Milton Keynes, MK11 3LW, UK
UKHW031901260826
14628UKWH00002B/918

9 782014 466010